隠密絵師事件帖

池　寒魚

集英社文庫

目次

河鍋暁斎『枯木寒鴉図』一八八一年
株式会社 榮太樓總本舗 所蔵

隠密絵師事件帖

第一話　遊里の用心棒

安政六年（一八五九）といえば、明治元年（一八六八）まであと九年……。

このとき品川法禅寺《ほうぜんじ》長屋に住む絵師――司《つかさ》誠之進《せいのしん》は二十四歳、つまり三十三歳には世の中がひっくり返るわけだが、本人はまだ知らない。もっともそれまで生きていられればの話ではある。

絵師だけで食えない誠之進にはもう一つ、危《ヤバ》い顔があった。

一

いやな絵だ――ひと目見るなり誠之進は思った。

描かれているのは中年の男、面長で鼻が高く、きちんと髷《まげ》を結っている。木炭で描かれており、顎の輪郭などは幾重にもなぞってあるところから下絵のようだ。しかも一度は反古《ほご》にして、くちゃくちゃっと丸めた紙を広げたらしくしわしわになっていた。

わきあがる嫌悪の根を探るべくあらためてじいっと見つめた。

かすかに寄せられた眉、結ばれ、両端の下がった唇、何より宙に据えられたうつろな双眸《そうぼう》が男の心情を表している。

不安、憂悶《ゆうもん》……、否、怯懦《きょうだ》だ。

描かれた男の心情が誠之進に伝わり、見ているだけで胸が重くふさがる。

「よく描けているか」

対座する父に訊《たず》ねられ、誠之進は顔を上げた。絵はたった今、父から渡されたものだ。よく描けているかと訊《き》かれたのには理由《わけ》がある。誠之進は父の許しを得て、八歳の頃から絵の修行をしてきた。今では絵師の看板を掲げているが、残念ながら絵師だけで食えるまでには至っていない。

「はい。きちんと絵の修行をした者が描いております。それだけでなく……、何と申しますか」

誠之進は唸《うな》り、言葉を切った。

「忌憚《きたん》なく申せ」

「は」誠之進はふたたび絵に視線を落とした。「描かれている御仁の心持ちまでが表れているように思います」

「そうか」

父がつぶやき、深いため息を吐いた。誠之進ははっとして父を見やった。息子の前とはいえ、滅多にため息など吐かない。

隠居してからというもの、ずぼらを決めこむのだといって月代《さかやき》どころかろくに髭《ひげ》も剃《そ》らなくなった。白髪もさっと櫛《くし》を通し、頭の後ろで無造作にまとめているだけだ。だが、七十近くなった今でも眼光、肉体ともに衰えは見えない。

「殿だ」

「は？」

父は目を上げ、誠之進が手にしている絵を顎で指した。

殿《との》——磐城平《いわきたいら》藩主安藤対馬守《あんどうつしまのかみ》のことだ。父はかつて江戸詰の御側用人《おそばようにん》を務めており、藩主を間近に見ている。今は隠居し、役目は兄が継いでいた。

一方、誠之進は各家の次、三男と数十人といっしょに御目見得《おめみえ》が一度あったきりで、そのときは顔を伏せたまま、二言三言声を聞いた。最後に面《おもて》を上げよといわれたが、ぐるりと一同を見まわした殿はさっさと席を立たれた。あとは行事のおりに望見したことがあるだけなのだ。

父が苦い顔をして吐きすてた。

「殿にそっくりでな」

絵が手元に来た経緯《いきさつ》を父が淡々と語るのに耳をかたむける。持ってきたのは御納戸役《おなんどやく》小野仁右衛門《おのじんえもん》の長男だが、もっともその男が持ちこんだ先は父ではなく、現役で御側用人を務める兄のところだ。

小野の長男は四歳の頃から登城し、藩主が側室に生ませた四男の相手をしてきた。十二歳で近習の一人に取り立てられている。つまり幼いうちから出世の道が開けているわけだ。学問にも秀でており、二年前、江戸への留学が許されたという。

それなら反古にされた絵を見ただけで殿の肖像だとわかるだろう。

「どのようにしてこの絵を手に入れたのでしょう」

「詳しいことは二、三日うちに本人から聞けるだろう。千代松《ちよまつ》がここへ連れてまいる」

千代松とは兄の幼名であり、ここ、とは父の隠居所を指した。隠居所は磐城平藩の下屋敷にあった。

目を上げた父が誠之進を見る。

「お前に来てもらったのはほかでもない。この絵を描いたのは亀太郎《かめたろう》といって西国の出らしい。そして品川宿に出入りしておる、と」

「品川でございますか」

品川宿は東海道最初の宿場町でもあるが、江戸に至近の遊興の地でもある。旅人ばかりでなく、市中の者たちもよく遊びに来ていた。大名や家臣たちも例外ではない。品川湊《みなと》での網打ちや川崎での狩りなどと理由をつけては、紅灯つらなる品川宿で一泊、酒色を楽しむのである。そのため昼も夜も賑《にぎ》わっていた。

誠之進は首をかしげ、思わずつぶやいた。

「それにしても亀太郎とは何者でございましょう。御目見得でもしないかぎり殿のお顔など描けようはずもありませんが」

声を低くし、父がいう。

「実はわが殿におかれては御老中にという声が出ておるそうだ」

「まことでございますか」

安藤対馬守信睦《のぶゆき》は安藤家十代目当主、磐城平藩の藩主としては五代目にあたる。もとは美濃加納《みのかのう》藩を治めていたのだが、四代前に移封された。これは加納藩において先代の乱行をとがめられた結果で加納藩六万五千石が磐城平藩五万石に減らされている。

もっとも初代の磐城平藩主信成は優秀な人物だったらしく幕閣において寺社奉行《ぶぎょう》、若年寄を経て、最高位である老中に昇りつめた。老中の上に大老があるが、常時置かれているわけではなく、非常時のみの特別な役職だった。

「掃部頭《かもんのかみ》のお引き立てもあれば……」

井伊掃部頭こそ、今の大老であり、今こそが非常時という意味でもある。

磐城平藩主で老中まで出世したのは初代だけで、現藩主が老中就任となれば、初代以来ということになるはずだが、父の表情は冴《さ》えなかった。

「たしかに難しい時節ではあるが、わが殿におかれては、よもや御辞退など念頭にもござるまい」

六年前――嘉永《かえい》六年（一八五三）に亜米利加《あめりか》のペルリが黒船を従えて浦賀に姿を現して以来、江戸にかぎらず全国津々浦々で騒ぎが起こっていた。

父が言葉を継いだ。

「そこに出てきたのがこの絵だ」

「どういうことですか」

「さきほどお前は何と申した？」

「御目見得でもしないかぎり……」

いいかけてはっとした。

父が顎を引くように重々しくうなずく。

「今や人心とみに乱れ、御公儀に楯突《たてつ》こうという不逞《ふてい》の輩《やから》が跋扈《ばっこ》している。中には重役を付け狙うなどと公言する不埒《ふらち》千万な輩まで現れておる。それはお前もよくわかっておろう」

「はい」

現藩主は十年ほど前に家督を継ぎ、磐城平藩主となると同時に幕府において奏者番に就任した。その後、寺社奉行となった頃から井伊掃部頭に目をかけられ、昨年、若年寄に昇進していた。

一方、誠之進が品川に住むようになったのは二年前で、父の指示による。側用人時代から品川宿に出入りしており、品川宿のある一面を知り抜いていたためだ。

品川宿は江戸ではない。しかし、目と鼻の先にある遊興の里であるため、各藩の重役や旗本たちが多数出入りしていた。そうした面々と旅籠《はたご》や茶屋で偶然行き合わせ、顔なじみになることも少なくない。目的はあくまでも遊興ながら密室で酒を酌《く》めば、互いに情報を交換し、取り組んでいる政策についてすり合わせ、根回しをすることもあった。

つまり外交の場なのである。

同時に品川宿にどのような輩《やから》が入りこんでいるかをも自然と知ることになる。ペルリ来航以来、幕府からすれば不逞の輩がさかんに出入りしていた。そこで父が誠之進に対し、品川に流れついた売れない絵師の役を振ったのだった。

品川宿で耳にした噂《うわさ》、目にした事件について誠之進は手紙にまとめ、時おり訪ねてくる父の中間《ちゅうげん》に託したし、ごくたまに父自身が品川の茶屋にやって来ることもあった。

東海道第一の宿場でなおかつ遊興の里である品川宿は昼夜を問わず人の出入り、往来が激しい。人を隠すなら人の中というのは当を得ており、さまざまな連中が紛れこんでいるのであった。

「亀太郎なる者は品川宿で人待ちをしている様子らしい」

西国の出という亀太郎が品川宿で接触するとなれば、水戸、長州、薩摩《さつま》……、それこそ枚挙にいとまがなく、いずれも政府や井伊掃部頭に遺恨の一つも抱いていようという輩が考えられ……。


「たいへん、たいへん」

甲高い叫び声で誠之進は浅い眠りから引き戻された。

声のする足元をひょいと見やってぎょっとする。闇の中に女の顔がぼんやり浮かびあがっていた。弥生三月、幽霊の季節には少し早い。

手にした提灯《ちょうちん》にぼうっと浮かびあがっている白い顔はきわだ。

誠之進は薄っぺらな夜具の上に身を起こした。

「何だ、こんな夜中に」

「うちの前で大蛸《おおだこ》が暴れてる」

「タコぉ」

くり返したとたん、大あくびが出た。ついでに顔をつるりと撫《な》でる。

「そう。身の丈六尺の蛸」

きわは旅籠〈大戸屋《おおとや》〉で下働きをしている若い娘だ。品川宿では客に食事を運び、給仕をするという名目で食売女《めしうりおんな》を置いているものの実体は娼妓《しょうぎ》である。

京へ向かう東海道第一の宿場であり、江戸に近いこともあって遊里としても隆盛を極めていた。ゆえに落ちる金も大きく、幕府に入る冥加金も馬鹿にならないので黙認され、準遊廓《ゆうかく》の扱いを受けていた。

「とにかくすぐ来てちょうだい」

まだ十三とはいえ、娼妓たちにすっかり馴染《なじ》んで立ち働いているきわはいっぱしの口を利いた。

行儀見習いというが、大戸屋でどのような作法が身につくものか見当もつかない。ふっくらした丸顔はまだ子供こどもしているが、目元はきりりと涼しく、鼻筋が通っていた。

「しようがねえなぁ」

ぼやきつつのろのろと夜具から這《は》いだした。

誠之進は絵師を生業《みすぎ》としているが、食っていけるほどの注文はない。技倆《うで》は悪くないと自惚《うぬぼ》れているが、この自惚れが災いして、版元にちょっとでもけちをつけられるとたちまち大喧嘩《おおげんか》になってしまう。

三和土《たたき》に降り、くたびれた雪駄《せった》をつっかけるともう一度大あくびをした。

「ほらぁ、急いで」

そういうなりきわが誠之進の手首をつかんで引っぱった。引かれるままに長屋を出て、路地を歩きだした。自分の手さえ見えない真っ暗闇できわの持つ提灯だけが頼りではある。
せわしなく歩きながらきわが早口にまくし立てる。
「蛸のくせに汀《みぎわ》さんにご執心で……」
汀は大戸屋の板頭《いたがしら》、一番の売れっ子である。顔立ちが美しいだけでなく、頭がよく
人をそらさぬ応対ができる。品川にはもったいない、吉原でも立派にお職がとれると評
判なのだが、当人がさらりという。
『吉原で客を取るにゃ人が好《よ》すぎるんでね、あたしは』
品川は吉原ほど格式張らず人情を重んじる傾向があった。
「今夜は客がついてるから汀さんはダメだっていったのに、待つといって無理矢理あが
りこんで、酒だ酒だって。何だかんだで二升は平らげちまった」
「酔っ払いかよ」
引かれるままに歩きながら誠之進はぼやいた。もっとも大戸屋から呼び出しがあると
きはたいがい手の悪い客の相手ではある。
法禅寺裏の長屋を出て、路地を右に曲がってちょっと歩けば、東海道に出る。すぐ左
に大戸屋はあった。
その前に七、八人ばかりが集まってぐるりと輪になっていた。真ん中に突っ立ってい

る男は頭一つ飛びだしているが、つるっ禿《ぱ》げで、おまけに頭の天辺《てっぺん》まで真っ赤に染めていた。

「なるほど茹《う》であがった蛸だ」

「感心してる場合じゃないよ」

そういってきわがつかんでいた手首を放した。誠之進は人垣を割って入り、背中を向けている蛸入道に近づいた。身の丈は楽に六尺を超え、目方も三十貫目はありそうだ。

目を上げると三階の窓際にもたれ、とうの汀がまったくの無表情で見下ろしていた。

誠之進は男の背に声をかけた。

「ちょいと兄さん」

中天にかかる月が周囲を青く照らしていた。男がふり返る。大きいのは躰《からだ》ばかりではない。顔もでかけりゃ、目も鼻も口も相応にでかかった。

赤く濁った目を剝《む》き、眉根をぐいと寄せた。しかし、ちゃんと誠之進を見ているかは怪しい、焦点の定まらない目をしている。

顔をぐいと近づけてきた。

「何でえ、お前《めえ》は」

胴間声とともに酒の匂いが吐きつけられる。誠之進は平然と見上げていた。

「ずいぶんご機嫌のようだが、野暮はいけないよ。ここは美味《おい》しく酒を飲んで、楽しく遊ぶところだ」

「そうだよ」

男が吠《ほ》え、顔に飛沫《しぶき》がかかったが、誠之進は拭いもしなかった。

「楽しく遊ぶところだ。それなのに何でえ、布団部屋なんぞに押しこめやがって。手酌でやったってうまくも何ともねえ。おれは汀に会いに来ただけだ」

「汀さんには先客があって今夜は無理だといわれなかったかい」

男がさらに顔を近づけてきた。

「てめえ、汀の情夫《いろ》か」

すぐ上で汀が見下ろしていることにもまるで気づいてない様子だ。おまけに躰がゆっくりと右へ左へ揺れている。

「そんなんじゃねえが、野暮をしてる野郎がいるってからさ」

「野暮野暮って、この野郎。おれはこう見えても絵師だ。野暮といわれて引っこんでられるか」

おや、同業かとちらりと思う。

そのとき男がいきなり右手を飛ばして誠之進の襟をつかもうとした。誠之進は反射的に左手で男の手をつかみ、親指を手首にあてがうと手のひらに残り四本の指をあて、ぐいと反らした。同時に肘の内側に右の親指を食いこませ、足払いをかける。

巨体が宙でもんどり打つ。

見物しているうちの誰かが声をかけた。

「たーまーやー」

それほど見事に飛びあがった。そして空中で反転して、背中から落ちた。

「ぐおっ」

目を剝き、湿った音とともに大きく息を吐きだしたかと思うと両の目玉がひっくり返って白目となり、そのまま動かなくなった。

きわが寄ってきて、仰向けに転がっている男のわきにしゃがみ込むと懐に手を突っこんで巾着を抜いた。

「ええっ、冗談じゃないよ」

大声でわめきだしたきわは手早く紐《ひも》を解き、巾着を開けると逆さにした。何も出てこない。誠之進を見上げた。

「こいつ、文無しだ」

「やれやれ」

誠之進はぼやき、首を振る。きわが男を見下ろした。いつの間にか目を閉じた男だったが、代わりに口を開けたかと思うと太いいびきをほとばしらせた。

二

巨漢入道の名は鮫次《さめじ》といった。文無しである以上、誰かが付け馬となって代金を取り立てなくてはならないのだが、昨日の今日で誰も行きたがらない。またしても誠之進にお鉢が回ってきた。

鮫次には少々不思議なところがあった。

金もないくせに舟に乗るといいだし、ついてこいと大いばりで大戸屋を出た。店《たな》の裏にかかる鳥海橋《とりうみばし》をわたると洲崎《すざき》の漁師町になる。舫《もや》い綱《つな》を解こうとしていた押送舟《おしおくりぶね》に近づいた鮫次が船頭とおぼしき男に声をかけ、ふた言三言話をしたかと思うと誠之進ともども日本橋北詰の魚河岸まで乗せてもらえるよう話をまとめてしまった。

魚臭いのには閉口したが、細身で七丁櫓《ななちょうろ》、帆まで立てた押送舟は、それこそあっという間に魚河岸に着いてしまった。

北に向かって歩きだした鮫次に誠之進はあらためて訊ねた。

「どこまで行くんだ？」

「神田明神下」

腕組みし、しきりに首をかしげている鮫次はふり返りもしないで答えた。

「住処《すみか》はそこなのか」

「師匠の家だ。自慢じゃねえが、おれの長屋に帰ったところで一文もありゃしねえ」

たしかに自慢にはならない。

誠之進はちらりと魚河岸を見やった。

「さっきの船頭は知り合いか」

「いや、初めて会った」鮫次がふり返って、誠之進を見るとにやりとした。「おれは房州の漁師の倅《せがれ》でね。事情《わけ》を話せば、魚河岸までなら乗せてくれる。海人《あま》のつながりは広くて深い」

「あま？」

「漁師、船頭、船問屋……、海で生計《たつき》をたててる連中さ。板子一枚下は地獄なんて陸《おか》の連中はわかったようなことをいうが、本当のところなんぞ知りやしねえ。だけど海人同士は通じる。ちょいと困ってるといやぁ、さっと助けてくれる」

「昨夜《ゆうべ》は絵師といってたが」

そういうと決まり悪そうな顔をした鮫次が鼻をつまんで引っぱり、苦笑した。

「十四ンときに実家《うち》ぃ飛びだしてそれっきりだ。あっちこっちとほっつき歩いて、今じゃ師匠んとこでくすぶってる」

どうやらちゃんとした絵師というわけではなさそうだ。

「食えるか」

思わず訊いてしまった。誠之進自身、浮世絵の下絵を描いたり、高名で売れている絵師の手伝いをするくらいでとうてい生活できない。

鮫次が怪訝《けげん》そうな顔をしながら答えた。

「師匠が稼いでるからね。まあ、何のかんのと小遣い稼ぎのクチもあるし」

自分と同じだと思いながらも誠之進は何となく目を逸《そ》らしてしまった。鮫次がかまわずつづけた。

「それにしても二朱ってのはひどかないか。登楼《あが》れば、二朱って決まりはわかっちゃいるけど、昨夜《ゆんべ》、汀は来なかったんだぜ」

誠之進は鮫次に顔を向けた。

「あんたは二升も飲んだ。肴《さかな》もそれなりに出したんだ。妓《おんな》が来なくたってそれくらいにはなる」

「二升ぉ？」

目を剝いた鮫次だったが、目の前に手を出すと指を折りはじめた。

「ひい、ふう、みい……」

ふたたび腕組みし、首をかしげる。

「いわれてみたらそれくらい飲んだかも知れないな」

「それにしてもあんたもいい度胸だ。一文ももたずに登楼ったんだから」

鮫次が顔をしかめる。

「それをいわれると面目ねえ。勢いがついちまったんだ。師匠のひいき筋が酒を買ってやるっていうもんで、ほいほい付いてった。おれにとっちゃ灘《なだ》の酒よりただの酒だ」

「下手なしゃれだ」

「そうだな」

すんなりうなずいた。酔いが覚めると案外と素直な男だ。ふいに鮫次が誠之進の足元を見るとにやっとした。

雪駄がやわらかなものを踏んづけ、思わず目をやった。つぶれた犬の糞《ふん》が足の左からはみ出ている。鮫次がうれしそうにいう。

「踏みそうだと思ったんだ」

「思ったんならいえ」

「どうして？　付け馬に親切にするこたぁねえや。それに踏んだ方が面白い」

鮫次の方が頭ひとつ分、背が高い。並んで歩いていれば、自然と顔を上げる格好となり、どうしても足元がおろそかになる。

鮫次が笑みを引っこめ、ため息混じりにいう。

「やっぱり二升は飲んでるな」

「ひいき筋が飲め飲めってすすめるもんだからついつい調子に乗っちまった」

「品川にくり出す前にはどれくらい飲んだ？」

「一升五合《ごんごう》くらいか。三升を超えりゃ酔っぱらうわな」腕を解《ほど》いた鮫次が片手で腰をさする。「何だか腰が痛え。階段でも踏み外したかな」

「何があったのか憶《おぼ》えてないのか」

鮫次がうなずく。

「手ひどく酔っぱらったからなぁ」

「あんた、二階の座敷で暴れてな。妓はまだかって飛びだした。帳場にでも行こうとしたんだろ。それで階段から転げおちた」

「座敷だぁ？　ありゃ、布団部屋だぜ」声を張った鮫次だったが、すぐにうなずいた。

「それで一階《した》で寝てたのか。なるほど」

犬の糞の意趣返しでもないが、わざわざ教えてやることはない。

やがて一軒の家まで来ると開けはなたれた木戸を通って、玄関の戸を開けた。古びてはいたが、なかなか立派な家ではある。師匠という絵師はそこそこ稼ぎがあるようだ。

だが、付け馬をともなっているというのに表玄関から堂々と入っていく了見がわからない。

「合点《がてん》がいったか」

三和土に立つと、鮫次は大声を発した。

「ごめんくださいい」

はいと返事がして、若い娘が出てきた。

「あら、鮫さん。こんな朝っぱらから珍しいじゃないか」

「ちょっと何があれでしてね。で、二朱ばかり貸してくださいい」

娘の表情が見る見るうちに変わった。

「何いってるんだい。二朱っていえば、大金じゃないか」

くるりと背を向けると奥に向かって駆けだし、大声を発した。

「先生、先生……」

あわてた鮫次が止めようとしたが、間に合わない。

「あちゃ」

鮫次が天を仰ぎ、ひたいを叩《たた》く。もっともどこまでがひたいでどこからが頭か、境目はよくわからなかったが……。

「今のは誰だ？」

「師匠の親類の娘なんだが、絵の修行に来てる。といっても炊事だ洗濯だ掃除だって、うまいことこき使われてるだけよ」

奥をうかがったあと、鮫次は肩を寄せてささやいた。

「ここだけの話にしてくれよ。どうもおれに惚れてるらしい。だけど、あの通りのご面相だろ。相手になんかできないよ。そうしたら辛《つら》くあたりやがって……」

だが、どう見ても女が鮫次に惚れてる様子はない。

こっ、こっ、こっ……。

一羽の雄鳥《おんどり》が短く声を発しながら一歩、また一歩と庭を歩いていた。踏みだすごとに右、左と顔をふり向けている。庭木の根元、草の間から鼻先をのぞかせているのは黒《こく》白《びやく》ぶちの猫だ。その金色の目が雄鳥が歩くのを追って左から右へ動いていた。

庭は広くなく、手入れが行き届いているとはお世辞にもいえなかった。そこに雄鳥が一羽、庭の隅では三羽の雌鳥《めんどり》が丸くなっている。そして猫も三匹。庭木の根元にいるほか、縁側にも二匹いた。こちらは虎模様と三毛で、仲良く背中をつけて目をつぶり、腹をふくらませ、しぼませている。

ふいに庭木の下のぶち猫が雄鳥目がけて飛びだした。

だが、一瞬早く跳躍した雄鳥が宙で長い首をひねり、ぶち猫を睨《にら》みつけて大喝する。びっくりしたぶち猫は庭に爪を立て、急に立ち止まると身を翻して、縁側の下へ飛びこんだ。かなりの大騒ぎだったが、縁側の二匹の猫はゆうゆうと寝息をたてていた。

「あーあ、まただよ」

となりで鮫次がぼやいた。

「また？」

誠之進は庭に目をやったまま、訊きかえした。

「猫三《ねこぞう》はいつも鶏太郎《とりたろう》にちょっかいかけちゃ返り討ちにあってる。毎度のことだから猫《ねこ》一《いち》も猫二《ねこじ》も寝たまんまだ」

「猫は皆、オスなのか」

「知らねえな。猫のオスメスなんぞ興味はねえ」

誠之進は鮫次をふり返った。座布団もあてず正座しているものの、左手の小指を右の鼻の穴に突っこんで掻《か》きまわしている。付け馬を連れてきて、座敷に通され、これから師匠が来ようというわりには暢気《のんき》な顔つきだ。

師匠の親戚筋だという娘は奥に入ったと思ったらすぐに戻ってきて、どうぞといい、誠之進と鮫次を家にあげると座敷に通したのだった。

ほどなく足音がして小柄で痩せた男が入ってきて、誠之進の前に正座をした。

「お待たせいたしました」

一礼して、上げた顔を真正面から見た誠之進はぎょっとした。口が閉じきらないほど前歯がせり出ていた。どうやら師匠らしい。

「失礼しました。私は……」

誠之進の口上をさえぎって師匠が話しだす。せっかちな性分ではあるらしい。

「わかってます。鮫の馬鹿が連れてきたんだ。おおかた付け馬でござんしょう」

「はあ」

「昨日は紙問屋のご隠居が遊びに来て、こいつを連れて酒を買いに行ったんです。この馬鹿のことだから酒で調子づいて吉原《なか》にでもくり込んだんでしょう」

鮫次が尻を浮かせ、割りこむ。

「いえ、昨日は品川で」

師匠はぎょろりとした目で鮫次を睨みつける。ふっと黙ったあと、しみじみいった。

「馬鹿」

あらためて誠之進に向きなおった。

「申し遅れました。河鍋狂斎《かわなべきようさい》と申します」

誠之進はぽかんとして目の前の前歯を……、いや、当代随一の売れっ子絵師を見つめていた。


ゆるゆる歩きながら誠之進は胸のうちにつぶやいた。

あれが狂斎か……。

まだ胸がときめいている。

帰りは大川を下る舟に乗って芝まで来て、あとは東海道を歩いてきた。すでに北品川にかかっていて長屋は目と鼻の先だ。

狂斎という名を知ったのは四年前、安政二年の大地震後である。地震といえば、鯰《なまず》が起こすものと決まっていて鯰絵は地震封じの護符としてもてはやされ、市中に出回った数は二百とも三百ともいわれた。

中でも評判を呼んだ一作に〈老なまづ〉があった。鯰そのものが描かれていたわけではない。震災後の復興で大儲《おおもう》けをしたお旦《だん》が芸者のつまびく三味線で逆立ち踊りをしている図であった。

人の不幸につけこんだ商人を皮肉ったもので、描いたのが当代一の狂画の名手といわれた河鍋狂斎——暁斎《きようさい》と改めるのは明治四年以降——である。人々がうすうす感じている世情の裏側を一枚の絵でちくりと刺してみせるのが狂画であり、人気を得るには当意即妙の頓知と、見る者を笑わせ、唸らせるだけの技倆《うで》を必要とした。

しかし、誠之進はそれより前に狂斎の絵を見ているが、絵師の号は違っていた。

誠之進は十歳の頃から駿河台《するがだい》の近くにある画塾に通っていた。駿河台には幕府御用絵師狩野派《かのうは》の本拠があり、師事した師匠は狩野派の傍流を自称していた。もっとも仕事は浮世絵の下絵描きが多く、狩野派らしいところといえば、ごくたまに武家屋敷や寺社の障壁や襖《ふすま》の絵を修復していたくらいである。それでも縁つづきではあったらしく、駿河台狩野派の画塾には時おり出入りしていた。

あるとき、師の使いで届け物をした画塾で塾頭に年齢を訊かれ、十八と答えた。それならばといって塾頭が一本の掛け軸を出し、畳の上にざっと広げた。幅一尺、高さ三尺ほどの錦絵だったが、誠之進は思わず息をのんだ。

そこには炎と化した光背《こうはい》を負い、朱の衣に緑の甲冑《かっちゅう》を重ね、左手に宝塔《ほうとう》、右手に宝《ほう》棒《ぼう》を握る毘沙門天《びしゃもんてん》の姿が鮮やかに描かれていた。目に突き刺さるほど強烈な極彩色もさることながら正面から吹きつける烈風に衣と光背の炎がひるがえる様が生き生きと描かれていた。

『洞郁《とういく》といって、とんでもなく絵のうまい男だ』塾頭はそういったあと、付けくわえた。

『これを描いたとき、お前と同じ十八だった』

狂斎は九歳で駿河台狩野派に入門したのだが、修行は厳しく、どれほど画才にめぐまれた者でも十二、三年はかかり、脱落していく者も少なくない中、たった九年で洞郁陳《のり》之《ゆき》の号を授けられ、修行を終えたという。目の前に広げられた毘沙門天の図こそ狩野塾の品評会に提出され、居並ぶ絵師たちを驚嘆させた一作なのだ。

ふたたび洞郁の名を聞いたのも地震にからんでいる。地震から一年ほど経つと江戸市中の藩邸や寺社で襖絵などの修復の仕事が増え、師匠も駆りだされ、誠之進もいっしょに行くようになった。

そのうちの一件に筑前《ちくぜん》福岡藩の上屋敷があった。

『これが洞郁だ』

師匠が小鼻をふくらませ、障壁画を示したものである。そこには層をなす雲間に身を横たえ、巨大な目で前に立つ者を射すくめる龍が描かれていた。墨痕は荒々しく、大胆でありながら全体を眺めわたすと何とも優美にして幽玄なのだ。ひと目見るなり誠之進は肝を奪われてしまった。

そして〈老なまづ〉の絵師狂斎こそ洞郁であると知ってふたたび驚かされたのである。品川宿を歩き、法禅寺の前まで来たとき、大戸屋を通りすぎてしまったことに気がついた。毘沙門天や龍の図以上に描いた本人に肝を奪われてしまったためだ。

狂斎は鮫次の飲み代に色をつけ、きちんと懐紙にくるんで渡してくれた。照れ笑いを浮かべ、口ではさかんに詫《わ》びていた鮫次だったが、誠之進の目から見てもまるで反省の色はなかった。

大戸屋の前にかかったが、頭の中はいまだ狂斎に占められていて、誰かと会うのがひどく億劫《おっくう》に感じられた。

「あとでいいか」

独りごち、ふたたびゆるゆる歩きだす。ところが、長屋の角を曲がったところにきわがいた。壁にもたれ、誠之進を睨んでいる。

誠之進は笑顔を向けた。

「ちょうどよかった。頼まれごとをしてくれないか」誠之進は懐紙につつんだ金子を取りだし、差しだした。「ゆうべの蛸入道の飲み代だ。帳場に渡しておいてくれ」

きわが手を出し、懐紙を受けとった。むっつり黙りこんだままである。

「どうかしたのか」

「これ」襟元に挟んであった紙片を取って差しだす。「汀から」

おやと思った。きわが汀を呼ぶときには、汀さんか汀姐《ねえ》さんというのがふつうで、呼び捨てにすることはない。

きわは汀付きの小女《こおんな》になりたいのだが、あたしはおへちゃだからダメと諦めている。小女をつけられるのは妓楼でも二人か三人に過ぎず、小女になれると売れっ子娼妓の世話をし、お座敷にはべることで郭《くるわ》の作法を学び、教養を身につけていく。子供の頃から並の娼妓たちとは扱いが違うのだ。

折りたたんだ紙片を手にしたまま、誠之進は訊きかえした。

「何だい？」

「知らない」

吐きすてるようにいうと、きっと誠之進を睨む。もともときりりとした顔立ちではあったが、睨《ね》め上げるとなかなか迫力がある。

「さっさと帰ったら？　お客が来てるよ」

「客？　誰だろう」

「知らない」

　ふたたび吐きすて、誠之進を突き飛ばして路地を駆けだしていった。

　とりあえず紙片を開く。流れるような汀の文字で、相談したいことがあるので真夜中《うしのこく》に大戸屋へ来てくれとあった。

　遊女たちからの相談は時おりあった。たいがいは性悪な客につきまとわれていて困るといった内容だが、汀からとは珍しかった。元来頭のいい女で客あしらいがうまいのだ。ひょっとしたら鮫次のことかとも思ったが、今夜話を聞けばわかることだ。紙片を懐に入れると長屋に向かって歩きだした。

三

　客といわれてもぴんと来ないまま、誠之進は長屋に戻り、戸を開けた。三和土に框《かまち》、あとは三畳ほどの板間があるだけである。

　板間に正座していた女がふり返った。

「お帰りなさい」

「ああ」

口の中でぼそぼそいうと誠之進は後ろ手に障子を閉め、三和土に雪駄を脱いで板間にあがった。女のわきを回りこんで向かい側に膝をそろえて座るとていねいに辞儀をした。

「ご無沙汰しております」

女は眉は剃っていたが、鉄漿《かね》は入れておらず歯は白いままだった。兄嫁信乃《しの》である。

「お役目柄しかたのないこととは申せ、ご不自由でございましょう」

父の命により品川宿にいることをお役目といっているのだが、二年も経てば住めば都で情も移る。

「いやぁ、わりと気楽にやってますよ。となり近所の連中も親切にしてくれるし」

「相変わらずおもてになるようね」

「は?」

「さいぜんも若い娘さんが誠さんって飛びこんでこられて。でも、いたのは私。びっくりさせちゃったみたい」

「ああ、きわですね。近所の旅籠で下働きをしている娘ですよ」

さすがに義姉相手に遊廓というのもはばかられ、旅籠といった。

信乃は兄に嫁いで六年になるが、いまだ子供を産んでいない。歳は誠之進と同じ二十四になるので女として脂が乗ってきたところだ。少々ぽっちゃりしているが、色白の美人である。

元は茶屋の娘だったが、兄が見初め、嫁にもらうことになり、さる御家人の養女となった上で嫁いできた。市井で育ったせいで男女の機微にも通じている。

信乃は口元に浮かべていた笑みを消した。

「明日未《ひつじ》の刻、お義父《とう》様の隠居所の方へいらしていただけますか。主人もまいります」

御納戸役小野仁右衛門の息子を兄が連れてくることになっている。そのことだろうと察しがついた。

「承知しました」

一つうなずいたあと、誠之進はしげしげと義姉を見やった。

「ところで、差し出がましいようですが、義姉《あね》上が一人歩きをなさるのはいかがなものかと思いますが」

「大丈夫、この先の茶屋に中間《ちゅうげん》を待たせてございます」

そういって信乃は艶然と頬笑んだ。

兄のところにいる中間を思いうかべた。人はいいが、三度の飯より酒が好きという中年男だ。酒を買ってくれるといわれれば、一も二もなく茶屋に行き、いつまでも待っているだろう。

男やもめの長屋に使いに出すのだから中間だけを寄越せばいいようなものだが、信乃の方で買って出たに違いない。そうしたいたずら心のある女ではあった。

「では」

優雅に一礼し、信乃が立ちあがった。


夜も更けた丑《うし》の刻――大戸屋の勝手口で声をかけるときわが出てきた。

「汀姐さんはまだお客がついてます。部屋でお待ちいただくようにと申しつかっております」

きわには珍しく恐ろしくていねいな言葉遣いであるうえ、まるで表情がなかった。雪駄を脱ぎ、框にあがった誠之進は声をかけた。

「何をむくれてるんだ？　昼間の人は兄嫁だぞ」

どこか猫なで声になっているところが自分でも少々情けない。きわが見上げる。十三とは思えぬ女の眼差《まなざ》しにぞっとする。

「はて、何のお話でございましょう。別にむくれてなどおりませんが」

あとは黙ってきわのあとに従い、板場のわきにある裏階段を上がった。二階、三階の部屋へ料理を運ぶために仲居や小女たちが使っている。

案内されたのは、三階にある汀の部屋だった。板頭ともなれば、個室を持ち、小女が一人つく。吉原の花魁《おいらん》に準じた格好だ。次の間こそないが、たっぷりとした広さがあり、一角には絹の分厚い布団が敷かれ、腰高の屛風《びょうぶ》で目隠しされていた。行灯《あんどん》がともされ、障子は開けはなたれていた。

「ただいまお酒をお持ちします」

両膝をそろえて廊下に正座したきわがいい、ぴしゃりと襖を閉めた。

誠之進は窓際に腰を下ろすと欄干越しに外を見やった。中天に月がかかり、眼下に広がる漆黒の海には無数とも思えるほど漁《いさ》り火《び》が浮いている。空にも海にもきらきら輝く星をちりばめた光景は吉原にも真似できないと品川の連中は自慢する。

たしかに美しかった。

今まで何度となく大戸屋にやって来ているが、三階まで上がったのは初めてだ。夜の海はなるほど絶景だった。

品川宿の旅籠は百軒近い。妓を置かず、客を泊めるだけの平旅籠こそ本来の姿なのだが、品川では四軒に一軒あるに過ぎない。ほかは食売女を置いている。一軒あたりの食売女の数は幕府によって決められているが、人気があって客が押しよせれば、規則通りにやってはいられない。

十五年ほど前——天保年間に倹約令が出され、時の老中首座水野《みずの》越前守《えちぜんのかみ》が関《かん》八州の隠密《おんみつ》を放って品川宿の実態を調べさせたことがある。その結果わかったのは、食売女は千五百名に近く、幕府の定めの三倍を超えていた。ただちに取り締まりにかかり、宿の主人と食売女の大半が捕縛、連行された。品川宿では天保の災難と呼ばれている。

水野の失脚にともない、ふたたび品川は隆盛を取りもどし、今では十五年前より食売女の数が増えていた。

ほどなくきわが膳を運んできて、誠之進の前に置いて出ていった。その間ひと言も口を利かない。

「やれやれ愛想のないこった。酌のひとつもしてけばいいじゃないか」

手酌で一杯飲む。とろりとした酒が舌に載り、鼻腔《びこう》に香りが広がった。月を見上げ、もう一杯。おぼろ月相手の酒もおつなものだ。

二合徳利《にごうとつくり》が空になる頃、足音が近づいてきた。部屋の前でとまり、女の声がいった。

「ちょっと開けてくれませんか」

「あいよ」

襖を開けると徳利を並べた膳を両手に持った汀が立っていた。小女を使わず、手ずから酒を運んできたらしい。破格の扱いといえよう。

目尻の持ちあがった眸《め》が見上げている。鬢《びん》がほつれ、顔の両端に細く垂れ、まとめた髪は濡れていた。ふわりと湯の香が顔にかかる。

さっと風呂を浴びたようだが、唇にはちゃんと紅を差していた。

誠之進は目を下げた。膳の上には徳利が十本も並んでいる。

「大宴会だな」

「飲みたいのよ。付き合ってくれるでしょ？」

答える前に汀は前を通りすぎ、部屋に入った。うなじからほのかに香が立ちのぼる。髪は水だけできっちり結っていた。

窓際に膳を置き、汀は座った。向かいあって腰を下ろすと早速徳利を取りあげ、差しだしてくる。

「さ、どうぞ」

誠之進は空にしたばかりの盃《さかずき》を取り、酒を受けながら汀の顔を眺めた。瓜実顔《うりざねがお》におちょぼでわずかばかりの受け口が美人といわれるが、汀の顔は長くはない。眸は大きく、切れ長で唇がぽってりとしている。

「無粋なことを訊くが、おれなんかがこんなところにいてもいいものかね」

「ほんに無粋」汀がくっくっくと笑った。「今夜のお客はさる商家のご隠居様なの。あたしにぞっこんなんだけど、お歳《とし》だからね、どれほど遅くても子《ね》の刻には帰る」

品川でも何とかでありんすという郭言葉を用いる。汀にしても客相手であれば、郭言葉で応接するのだろうが、誠之進相手では一文にもならない。

「すまん。つまらんことを訊いた」

誠之進は詫び、酒を飲んだ。盃をひっくり返して一振りし、汀に渡す。両手を差しだして受けとったとき、ひんやりとした指先が触れた。

誠之進は徳利を差しだした。

「いただきます」

両手で盃を持つ汀は縞《しま》の紬《つむぎ》の襟を抜き、膝を崩して横座りをしていた。細身でよく引き締まった体つきながらどこをとってもなだらかな曲線を描いている。

なるほど鮫次が柄にもなく執心するのも無理はない。

顔を仰向け、ひと息にあおった。咽《のど》の白さにどぎまぎし、意味もなく照れ笑いが浮かぶ。盃を下ろした汀がふうと息を吐き、笑みを見せた。

「ああ、美味しい。誠さんの酌で飲む酒がいっとう美味しい」

「もう一つ」

誠之進はふたたび徳利を差しだした。

「あら、返杯しなくちゃ」

「おれは先にやってた。駆けつけ三杯というだろう」

「そうね」

さらに二杯飲み、盃をひっくり返したあと、誠之進によこした。酒を受け、味わいつつゆっくりと咽へ流しこむ。

それからしばらくの間、差しつ差されつ何もいわずに飲みつづけた。

窓から射《さ》す月の光が畳に二人の青い影を映していた。

膳の上に残っている徳利は一本だけだった。あとはすべて畳の上で寝転がっている。夜は更け、大戸屋は静まりかえっていた。

酒を咽に流しこみつつ、酔ってるなと誠之進は思った。まるで雲の上にでも座っているようにふわふわしている。盃を汀に差しだしながら訊いた。

「それで相談事ってのは何だい？」

答えようとせず、畳に手をついた汀が躰を持ちあげた。

「よっこいしょっと」

誠之進と同じだけ飲んでいる汀も相当酒が回っていた。立ちあがり、足を踏みだそうとしてよろける。

「おいおい」

あわてて伸ばした誠之進の右手をさっと取り、そのまま腕の中へと崩れてきた。倒れながら身を返し、あぐらをかいた誠之進の腕の中に背中からすっぽり収まっている。うまいものだ。

顎の下に頭を入れてきたのでひんやりした髷が柔らかく潰れた。

春の宵とはいえ、障子を開け放したままなので部屋が冷えていた。汀のぬくもりであらためて気がついた。

「今朝、付け馬したでしょう」

「ああ」

「あの男、絵師だっていうのよ」

うーんと誠之進はうなった。汀がしたりとばかりにうなずく。

「やっぱり」

「いや……、何といえばいいのか……、修行中の身とでもいうのか、とにかくあいつの師匠は有名な絵師だった」

歯茎ごと飛びだした前歯が浮かぶ。

「それじゃ、まんざら嘘《うそ》ってわけでもないんだ」

「鮫次がどれほどの絵師かはわからない」

「誠さんの方が上手よ」

きっぱりとした口調で汀がいう。

「よせよ。おれの絵なんか見たことないだろ」

「見なくてもわかる」

はっとするほど思いつめた響きがあった。

腰を抱いている誠之進の手を汀が撫でていた。ひんやりした指先が心地よい。うっとりしている誠之進の手首をつかみ、裾の間へと導いていく。指先とは違って、ふとももの内側は温かく、柔らかい。

「あたし、これなの」

そういって汀が誠之進の指を導く。丸みがつるんとしている。ケジラミを嫌って、遊女はたいてい股間のかげりをきれいに剃りおとしている。

しかし、汀がいった。

「年頃になっても生えてきやしなかった。あいつ、これを描かせろって」

汀がわずかに足を開き、さらに奥へと誠之進を導く。とろりと熱い。

「誠さんなら……」

誠之進は左手で最後の徳利をつかむと口につけ、すっかり冷めてしまった酒を流しこんだ。

何だ、何だ、何だ？――ごくごく酒を飲みながら誠之進は思った――ひどく咽が渇くのは、どういうわけだ？

躰を揺すぶられ、誠之進は目を開けた。二、三度まばたきすると、まるで化粧っ気のない女がのぞきこんでいる。

汀だ。

髪はきちんと撫でつけ、頭の上でまとめているが、きっちり髷を結っているわけではなかった。眉も紅も引いていない顔はどこか間が抜けているが、夜より幼く見える。格子のはまった窓から射しこむ陽光にまたまばたきし、あくびをした。ついでにくしゃみが飛びだす。

「にぎやかだねぇ」

汀がくすくす笑った。

誠之進は夜具の上で身を起こした。頭を掻き、もう一度あくびをしてから訊いた。

「ずいぶん寝たな」

「とっくにお天道様《てんとさま》はあがってるよ」

うなずいた誠之進は立ちあがった。まだ酒が残っているのか、足元がふらつく。目をやると畳に寝転がっていた徳利はきれいに片付けられ、朝餉《あさげ》の膳が置かれていた。

「小便」

「いちいちいわなくてもいいよ。ガキでもあるまいし。ついでに顔も洗ってきなよ」

手水場《ちょうずば》に行き、用を足して、顔を洗った。昨夜のことは途切れ途切れにしか憶えていない。空はきれいに晴れあがっていたが、頭の中には重い雲でも垂れこめているようだ。

部屋に戻り、目刺しとたくあん、熱いしじみ汁で飯を食った。

汀が誠之進を見返した。

「何だよ、人のこと、じろじろ見て。化粧もしてないんだから恥ずかしいじゃないの」

「いや」

小さく首を振り、飯を平らげた。膳のわきにきちんと正座し、甲斐甲斐《かいがい》しく世話を焼く汀を見ていると、昨夜、腕の中へしなだれかかってきたのと同じ女には思えなかった。まるで所帯でも持ったような心持ちになりかけたのだが、大戸屋の板頭相手に口にすべきではない。

客でもないので後朝《きぬぎぬ》の別れといった風情もなく、朝餉の膳を下げる汀とともに勝手口まで出た。使いにでも出されたのかきわの姿が見えないのを幸い、そそくさと雪駄を突っかけ、裏路地を経て街道に立つ。

左に行けば長屋だが、帰ったところですることもない。それに午過《ひるす》ぎには父の隠居所へ行かなくてはならないので、その前にどうしても立ち寄っておきたいところがある。

右に向かってぶらぶら歩きだした。

結局、汀の相談事が何だったのかまるで憶えていない。夜が明けて、蒸しかえすのも野暮な気がして、とりあえずわかった振りをしていた。

御殿山のふもと、北品川歩行新宿《かちしんしゅく》を抜けると右に湊が広がる。帆を畳んだ舟がびっしりとつながれており、沖には千石船がいくつも浮かんでいた。

ふたたび街道の両側にさまざまな店が建ちならぶようになり、その後ろには武家屋敷の塀がつづいていた。薩州中屋敷の前を通りすぎたところで左の路地に入って三軒目、障子に大きく〈研秀《とぎしゅう》〉と記された戸を開けて声をかけた。

「ごめんよ」

返事はなかったが、かまわず中へ入る。

中は土間で左手に研秀こと、研ぎ師秀峰《しゅうほう》がいた。片膝をついて背を丸め、砥石《といし》に向かって一口《ひとふり》の刀身を研いでいた。

河鍋狂斎は歯茎ごと前歯が飛びでた異相だったが、秀峰はおでこだ。深い洞窟の奥で目玉が光っているように見えるほどひたいがせり出ている。絶えず眉間に深い皺《しわ》を刻んでいて、のべつまくなし難しい顔をしているせいでひたいの肉が厚くなったのではないかと思えた。

歳は六十を越しているだろう。頭は天辺まで禿げあがっていて、後頭部に残ったわずかばかりの白髪を掻きあつめ、小指ほどの髷を結っている。

入口の研秀はとぎしゅうと読み、とぎひでといったとたん、どんな客でも帰れといわれる。名の由来を聞かれると決まって答えた。

『峰を研ぐのがうめえんだ』

食えない親父ではある。

秀峰が背を丸めている作業場の後方は天井まで棚が設《しつら》えられていて、大小さまざま、色とりどりの砥石が並んでいた。棚の奥には裏庭へつづく木戸がある。

土間の一角、ちょうど作業場の対角は一尺ほど高くなっていて、三枚の畳を敷いており、壁の上方には立派な神棚を祀《まつ》ってあった。神棚の下には角に鉄の金具を打った総《そう》檜造《ひのきづく》り、二段の抽斗《ひきだし》がついた刀簞笥《かたなたんす》が据えられている。

手を止めた秀峰がかたわらに置いた小判型の桶《おけ》から手のひらで水をすくい、二度、三度と刀身にかけた。一振りして水を払い、鼻先に立てる。

眉間の皺をますます深くして白く輝く刀身を凝視した。

作業場は正面と左側が窓になっていて、障子に弱められた日の光を採りこむようになっていた。上から下へ舐《な》めるように検分し、刀身を反転させて、ふたたび上から下へと目を動かす。

やがて砥石を載せた作業台のわきにそっと刀身を置くと立ちあがった。腰を伸ばそうとして声を漏らす。

「痛《い》てて」

誠之進は入口を離れ、秀峰に近づいた。

刀を研いでいる最中に声をかけるのは遠慮した。秀峰にとっては厳正かつ至福のときなのだ。

愛想はなかったが、技倆《うで》はあった。得意先には旗本や大名が名を連ねている。将軍家御用達《ごようたし》の研ぎ師の下で修行したのち、町研ぎ師となった。

腰をさすりながら刀身を見下ろしたままいった。

「津田助広だ」

誠之進も刀身に目をやった。二尺三寸——いわゆる定寸で、峰の方から見下ろす格好になっているため、柄に近い元の方が太く、先に行くに従って細くなっているのがわかった。切っ先の伸びた優美な姿をしている。

茎《なかご》には草書で銘が打たれている。田の字が丸いところから通称、丸津田。津田助広が中年を過ぎてから打った刀という印だ。延宝年間、摂津《せっつ》の刀匠だから二百年近く前に作刀されたことになる。

名刀ともてはやされ、人気があるだけに偽作も多い。

「本物かね」

誠之進が訊くと秀峰は目を上げ、唇を歪《ゆが》めた。本人は笑っているつもりなのだ。

「あんたのと同じくらい本物だよ」

誠之進は大小を秀峰に預けていた。売れない絵師にして品川遊廓の用心棒ふぜいが持つにはまるで似合わない高価な一刀なのだ。

正直なところ、誠之進は刀を差して歩くのが好きではない。重いし、邪魔になるだけでなく、先祖伝来などといわれれば気を遣う。どうしても差して歩かなければならないのなら数打ち物で充分、見てくれだけなら竹光の方が軽くていいとさえ思っている。

ふたたび刀身に目をやって舌打ちした秀峰を見やる。

「不満そうだね。きれいに仕上がっているように見えるが」

「きれいなだけよ。元の木阿弥《もくあみ》って奴《やつ》だ」

「何だい、元の木阿弥ってのは？」

「さる大名の持ち物だが、茶会で披露するんだそうだ。大地震からこっち、刀はまた飾り物に逆戻りよ」

六年前にペルリが艦隊を率いて現れた直後、秀峰は繁忙を極めた。長らくつづいた泰平のせいでしまい込んでいた刀や槍《やり》はすっかり錆《さ》びついていたのだ。だが、四年前に起きた大地震によって刀どころではなくなったということだ。

秀峰が研げば刃に一点の曇りもなく、実に美しく仕上がるのだが、完璧に研ぎあげられた刀はいざ斬り合いとなったときに滑る。そのため戦いに臨むときには、わざと荒く仕上げ、引っかかるよう寝刃《ねたば》を合わせる。

黒船騒動の頃は多忙を極め、持ちこまれる刀をすべて実戦的に研いだ秀峰にしてみれば、咽元過ぎて熱さを忘れてしまったといいたいのだろう。

「何が安らかな政《まつりごと》かねぇ。黒船が来てからころりに大地震……、まあ、ないものを求めたがるのが人情ではあるがね」

年号の安政を皮肉っているのだ。秀峰が目だけ動かし、誠之進を見た。

「このところ浪人体の輩が研ぎを頼みに来る。金がねえのか、きれいに仕上げなくてもいいというんだな」

見返すと秀峰が渋面になった。

「口振りからすると江戸者じゃねえな。南だね」

研秀の近所に薩摩藩の中屋敷があり、研ぎを依頼されることも少なくない。それだけに言葉もわかるのだろう。

「優雅に茶会なんてご時世じゃねえのはたしかだ。田舎者の方がよっぽど気が利いてるってことかね」

品川宿でも浪人風の男たちはよく見かけていた。

誠之進はうなずいた。うなずき返した秀峰が訊く。

「持ってくのか」

「ああ、請け出しに来たんだ。これから父上の隠居所へ行く」

「請け出しって……、うちは質屋かよ」

ふたたび舌打ちした秀峰がくるりと背を向け、畳を敷いた小上がりに向かった。

四

　磐城平藩の江戸下屋敷は横川の付近にある。家中には本所のお屋敷と呼ぶ者もあったが、本所よりもっと東にあり、周囲には田んぼや畑が広がっていた。

　父の隠居所は下屋敷の一角に与えられている。江戸詰で藩主の側用人を務めていたのだが、今は兄に跡をゆずっていた。隠居所ということもあって小体《こてい》な平屋で生け垣を回してあり、門も簡素に石柱が建ててあるだけであった。

　誠之進が門に入ると中間の治平《じへい》が玄関脇で生け垣の剪定《せんてい》をしていた。そろそろ約束の刻限ということで誠之進と兄を待つついでに手入れをしていたのだろう。

　治平が手を止め、嬉《うれ》しそうに笑みを浮かべた。

「竹丸様……」

　竹丸は誠之進の幼名である。治平は渡り中間だったが、父が気に入り、誠之進が生まれる前から雇い、隠居してからも連れてきていた。

　腰を伸ばし、さすっている。

「腰をどうかしたのか」

「いえ、ただ爺ぃ《じじ》になっただけでございます。もうそろそろお迎えが来るんじゃないかと思っておりますが、なかなか」

もう何年もお迎えお迎えといっているが、元気なものだ。もともと老《ふ》け顔だったせいもあり、誠之進にしてみれば、子供の頃から見ている顔とあまり変わりない。

「兄上はもう来てるのかい」

「いいえ、まだでございます」治平がにやりとした。「それよりご隠居様が庭でお待ちでございますよ」

「庭か」

誠之進は唸りつつ、庭へ回った。

父津坂東海《つさかとうかい》は今年六十八になる。充分な年寄りだが、いまだ剣術の稽古を欠かさない。誠之進には十歳年上の兄、七歳と三歳上の姉が二人いる。末子であった。東海は隠居後の号で元の名は兵庫助《ひょうごのすけ》だが、今は名も兄にゆずっていた。誠之進がふだん使っている司という姓は津坂をもじったに過ぎない。

誠之進の姿を見ると、父はにっこり頬笑み、頭上の木剣を振りおろした。ぶんという音が誠之進の耳まで届いた。

誠之進はていねいに辞儀をした。

「ただいま帰りました」

「堅苦しい挨拶は抜きだ。千代の奴が来る前にまずは一手、相手をしてやろう」

千代松が兄の幼名である。公式な場ならともかく家族の前では二人の息子を幼名で呼んだ。

縁側には刀掛けがあり、かたわらに木剣が置いてあった。誠之進は縁側に近づくと下げ緒を解き、大小刀を抜いて刀掛けに丁重にかけた。

『あんたのと同じくらい本物だよ』

研ぎ師秀峰の声が脳裏を過《よぎ》る。

大刀は長曽禰《ながそね》興里《おきさと》作だが、乕徹《こてつ》という通称の方が有名だ。長曽禰興里はもともと甲冑師だったが、五十を過ぎて刀鍛冶に転じたといわれる。かれこれ二百年も前の人で、その点ではたまたま研秀で目にした津田助広と同時代の人だ。

津坂家は代々江戸詰の側用人を務めているが、五代前に大きな功労があったとして藩主から興里の大刀を賜った。誠之進に押しつけられている乕徹だ。

しかし、どのような功労かはっきりとした記録が残っていない。ちょうど美濃加納藩六万五千石から磐城平藩五万石へ移封された時期にあたり、藩主にとってはあまり表沙汰にしたくない事情があるのだろう。

小刀は国許《くにもと》の刀匠根本国虎《ねもとくにとら》の手になるものである。

大小刀を掛け、木剣を取ると誠之進は草履を脱いで裸足《はだし》になり、父の前に進みでた。二間ほどの間合いをとっている。

「すぐに始められるか」

「いつでもどうぞ」

「いい心がけだ」

互いに青眼に構えた。

父は唯心一刀流《ゆいしんいっとうりゅう》の遣い手であった。唯心一刀流は後北条家の家臣古藤田俊直《ことうだとしなお》が創始し、剣術だけでなく槍術《そうじゅつ》もよくした。相模国《さがみのくに》で一刀流の元祖伊藤一刀斎《いとういっとうさい》に敗れ、その門下となって一刀流を称するようになったという。主家が豊臣秀吉に滅ぼされたあと、高弟たちはほかの大名たちに召し抱えられたが、そのうちの一つが磐城平藩である。

実戦的な剣法だが、実戦的ゆえに泰平の世には人気がなく、今では広い江戸市中に道場の一つとてなく、国許でも受けつぐ者はごくわずかでしかない。

父は唯心一刀流を継いだへそ曲がりの一人であった。誠之進が父の教えを受けた理由はたった一つ、勉学が嫌いだったからだ。四書五経の素読など退屈を通りこして苦痛でしかない。父に叱られずに書物から逃れる唯一の方法が剣術の稽古だった。

生真面目で勉強家だった兄と比較されないためでもあった。

兄は文、自分は武といってきたが、本当のところは絵の修行をしたかった。だが、末子とはいえ、武家に生まれた以上おいそれと口にできることではない。また、好き嫌いは別にして、誠之進には剣の天分があったようで十歳に満たぬうちに父に認められるまでになった。

そのおかげで思いがけないことが二つ起こった。

一つは幼少の頃から我流で描いてきた絵を認められ、画塾への入門が許されたこと。まさに天にも昇る心地になった。だが、もう一つはあまりありがたくなかった。家宝の盾徹を押しつけられたことである。

二人はしばらくの間、見合っていた。

父が目を細める。

「来ないのか」

「いつでもどうぞ」

「小癪《こしゃく》な」

口ではそういいながらも父が笑みを浮かべる。

実戦的な剣法である以上、先に仕掛けて、先に倒す、いわゆる先の先を身上としている。逆に一刀流の極意は切り落としにあった。相手が仕掛けてきた太刀筋に合わせて斬りこむ。相手はまさに振り下ろそうとしている以上、容易に太刀筋を変えるわけにはいかない。振り下ろす太刀にぴたりと沿って振りおとされる一撃の前では無防備になってしまう。

後で先を制す必殺の一撃だが、相手を上回る刃勢がなければまるで意味がない。

父が一足に踏みこみ、腹に響く気合いとともに打ちこんできた。とても七十近いとは思えない刃勢だ。

退きはしなかったが、鎬《しのぎ》をもって払うのが精一杯で切り落としを仕掛ける余裕などなかった。代わりに父の木剣を巻きこみ、鍔元《つばもと》で押した。父も負けずに踏みとどまり、二人は鼻先が触れあいそうなほどに近づいた。

その瞬間、誠之進は思った。

変わらないな。

書物から逃れたい一心で稽古に励んだときに見上げていた琥珀色《こはくいろ》の瞳は、今なお強い光を放っている。素直に嬉しかった。

それから二度、三度と斬りむすんだが、互いにゆずらない。もっとも誠之進は受け、躱《かわ》す一方で自らは打ちこもうとしなかった。

父の目にあきらかな苛立《いらだ》ちが映しだされる。正しく誠之進が待っていたものだが、表情には決して出さなかった。

老いたりといえども父は剣の師であり、膂力《りよりよく》も常人をはるかに上回る。真っ向から打ち合えば、どちらかが、あるいは双方が大怪我《おおけが》をしかねない。いい歳をしているくせに父は加減というものを知らない。極端な負けず嫌いなのだ。同時に短気でもあった。

短気が唯一の欠点といってもいい。頭に血が昇れば、心技体の心が乱れる。

無理に踏みこんできて、ひときわ甲高い気合いと同時に真っ向から仕掛けてくる。それこそ誠之進が待っていた刹那だ。

切り落としが決まった。

父が凍りついたように動きを止める。父の木剣が振り下ろされた瞬間、誠之進の木剣は父のひたいに紙一重で止まっていた。

咳払《せきばら》いが聞こえた。

いつの間にか兄――津坂兵庫助が縁側に立っている。かたわらには若い男が膝をそろえて座り、両手をついて顔を伏せていた。

父が木剣を引き、兵庫助をふり返った。

「お前が遅かったもんでな。竹丸をもんでやってたんだ」

「私にはもまれているように見えましたが」兵庫助はにこりともしないでいった。「連れてまいりました」

「小野仁九郎《じんくろう》にございます」

若い男は縁側にひたいをすりつけるように頭を下げた。

客がなければ、父を上座に据えただろうが、今日は兄が床柱を背負って端座していた。兄の右に父、左に小野、誠之進は兄の正面に座っていた。四人の真ん中に先日父に見せられた藩主の肖像が置かれている。日をおいて見ても藩主の表情に浮かんでいる怯懦は変わらないように思った。

兄が切りだした。

「実は、もう一点ございまして……」

そういって小野を目顔でうながす。小野は懐から折りたたんだ紙片――これまた一度はくしゃくしゃにした反古のようだ――を取りだし、父と誠之進の前に広げた。

何が描かれているのか誠之進にもすぐわかった。

磐城平藩江戸上屋敷の門である。藩主が登城するところでもあるのだろう。二人の槍持ちを先頭に裃《かみしも》、袴《はかま》姿の供回りの武士が八人、漆を塗った引戸駕籠《かご》――藩主の乗り物――を囲んでいる。乗り物の後方には足軽十数人、道具持ちがつづいていた。総勢五十名くらいになるが、人相こそはっきり描かれてはいないものの供回りや足軽の持っている刀や槍の様子は見てとれる。

肖像と同じく炭の欠片《かけら》で描いた下絵なので幾重にも線が重ねられているが、きちんと仕上げたときには藩主の登城の様子、何より警備状況が手に取るようにわかる。

腕組みし、絵を見下ろしたまま、父が訊いた。

「この絵を描いたのも亀太郎という者か」

「さようにございます」小野が答えた。「亀太郎は一年ほど前、塾にまいりました」

「塾とは？」

「ご無礼つかまつりました」

頭を下げてから小野が二枚の絵を見つけるに至った経緯《いきさつ》を話しはじめた。江戸に来た小野が門下となったのは浅草にある芳野金陵《よしのきんりょう》塾《じゅく》で、そこに亀太郎も入ってきたという。

父が目を上げた。

「たしか塾頭は儒者であったな。そこの門下でありながら絵を描くのか」

さっと顔を伏せた小野がもじもじして答える。

「実は私もそれほど親しくしているわけではございません。亀太郎という名を知っているのみで姓も存じません。西国の生まれで、武家の出ではないとは聞いておるのですが」

「そうか」

父が誠之進に顔を向けた。

「お屋敷を描いた絵も巧みなものか」

「これだけ描ければなかなかのものでしょう。かび臭い儒学なんかやってるのはもったいないくらいだ」

父と兄が同時に顔をしかめる。父がふたたび小野を見やった。

「それにしてもこんなものを忘れていくなど、ずいぶん間の抜けた男のようだが」

「国許から何といってきたのかは存じませんが、ずいぶんと慌ただしく出ていきました。亀太郎は寮に入っていたのですが、私とあと二人の者が居室の後片付けを命じられまして。部屋は取り散らかったままで、そして押入に何枚もの反古が丸めて押しこんでございました。そのうちの二枚がこれでございます」

口元を歪めた父が小さくうなずく。兄が誠之進に目を向けた。

「実はお前に来てもらったのには、もう一つわけがある。すでに聞いていると思うが」

「はい。おおよそのところは」

そう答えると兄が小野に顔を向け、話しなさいと命じた。

「は」小野が誠之進に向きなおる。「亀太郎は塾生の分際で品川宿に出入りしていたようでございます」

「ようで……、って」誠之進は小野を見やった。「人づてに聞いたのか」

「いっしょに行った者がおりまして、その者から」

「その者というのも塾生か」

弱々しくうなずいた小野がばつが悪そうにうつむく。

おいおい——誠之進は腹の内でつぶやいた——その者ってお前さんかよ。

兄があとを引き取った。

「亀太郎が何者であるか、どうして殿の顔を描いたのか、そのわけを突きとめなくてはならない」

誠之進は兄を見返した。

「でも、その亀太郎って奴はもう出ていったんでしょう？」

そう問いかけると兄が小野に目顔でうながした。小野がぼそぼそと答える。

「まだ、品川におり……、おるようです。昨日、見かけたという者がおりまして。何でも人待ちをしている様子で、あと二、三日はいると申しておったとか」

人待ちをしているようだというのも父から聞いている。誠之進は低い声で独りごちた。

「江戸を離れる前に馴染みの妓のところへ流連《いつづけ》とは、亀太郎って奴もなかなかおつをやりやがら」

兄はきょとんとしていたが、父は咳払いをした。目をしばたたいた兄がいう。

「そこでお前の出番だ。その亀太郎という者を見つけだし、そも何者で、どういうわけでこれらの絵を描いたのか、ほかに絵はないのかを明らかにしてもらいたい」

「人待ちって話だけど、絵を仕上げてるのかも知れませんね」

「仕上げる？」

兄が訊きかえし、誠之進は畳の上の絵を顎で指した。

「こいつはまだ下絵です。ここから先、ちゃんと墨を入れて、彩色するでしょう。ところで、私は亀太郎の人相を知りません。探しようもないじゃありませんか」

「小野といっしょに探せばいい。明朝、お前のところに訪ねさせよう。小野ならば、亀太郎の顔を知っている」

訪ねさせるといわれても法禅寺の長屋というわけにはいかないので、翌朝辰《たつ》の刻に大戸屋へ来てもらうことにした。

「それでは、明朝……」

小野が畳に手をつき、ていねいに挨拶をして帰っていった。

座敷に残った誠之進はしばらくの間、藩主を描いたという絵を見ていた。父と兄、近習をしていたという小野も認めているのだからよほどよく似ているのだろう。描かれている絵と目は合わなかった。つまり藩主は描いた者——亀太郎を見てはいない。だが、亀太郎の方は藩主の顔を間近から見ていることになる。西国の出身者で儒学の塾に留学している男——小野の言によれば武家ではない——がどのようにして目通りかなったのか。

藩主の顔を見たとしてもおそらくはほんのわずかの間でしかなかっただろう。だが、その点は不思議ではない。目の当たりにした光景を一瞬にして脳裏に刻みつけ、紙の上に再現してみせるくらいの芸当はそこそこの絵師なら誰でもやってのける。

炭の欠片で幾重にも引かれた線は、少しでもおのが脳裏にある面差しを紙の上に再現しようとあがいた跡に他ならない。そして一本を選びとり、墨を入れる。そのとき絵師の脳裏にある面差しが一枚の絵となって現れる。

それにしてもなぜ亀太郎という男はこんなものを描いたのか……。

いずれにせよ亀太郎を見つけて、何らかの形で訊きだすよりほかに謎を解く方法はない。すべては明日、小野がやって来てからの話だと思いなおした。

唇をへの字に結び、上屋敷の門を描いた絵を見つめていた父が低声《こごえ》でいった。

「もし、不逞の輩が殿を襲撃しようとすれば、この絵が頼りになるな」

若年寄から老中へ昇進となれば、幕府に弓を引こうとしている連中にとって藩主はかっこうの標的となり、上屋敷から藩主が出てくるところを子細に描いてあれば、どのように警備がなされているかがわかる。襲撃を計画するのにこの上なく役に立つということだ。

そして安藤対馬守の顔を知っていれば、相手を間違える恐れもなくなる。

そのとき、庭に足音がしたかと思うと治平が声をかけてきた。

「ご隠居様」

ただならぬ気配に父がさっと立ちあがり、縁側に面した障子を開けた。治平が庭に片膝をついている。

「この先で小野様が……」

治平の顔は汗まみれになっていた。

父の隠居所を出た誠之進は右手に数人が集まっているのを見た。寺と寺の間である。

「小坊主が叫ぶのが聞こえましして行ってみたら」

すぐ後ろで治平がいう。

誠之進は駆けよった。

「ごめんよ」

声をかけ、割りこむと寺のわきを流れる用水に小野仁九郎が突っ伏しているのが見えた。岸に近い。大小を抜いて治平に預け、雪駄を脱いで飛びおりた。やわらかな泥に足首まで埋まる。用水は幅二間ほどで三尺ほど掘りさげられている。

うつ伏せになった小野の背は血で赤黒く染まっており、水に顔をつけたまま微動だにしない。膝をついた誠之進は子細に眺めた。袴の帯より少し上に二ヵ所の裂け目があった。斬られたのではなく、刺突されている。

小野の肩に手をかけ、水から引きあげ、抱きおこした。小野の顔は真っ白で泥に汚れていた。目を剝き、わずかに開いた口から血に染まった歯がのぞいていた。

誠之進は小野の顔に手をあて、まぶたを閉じると清らかな水をすくって顔の泥を洗い落とした。

「三人組を見ました」

目をやると十二、三歳くらいの小坊主が岸にしゃがみ、誠之進を見ている。急を叫んで知らせた小坊主だろう。

「境内の掃除をしていたら怒鳴り声が聞こえました」

「何といっていた？」

「よく聞きとれませんでした。そうしたら水音が聞こえましたもので誰かが用水に落ちたんだとあわてて飛びだしてきたら三人の男が本法寺《ほんぽうじ》さんの角を駆けさって行くところで」

本法寺は小坊主がしゃがみ込んでいる岸の反対側にある寺で近所ではもっとも大きい。さん付けするところを見ると小坊主は用水を挟んで向かい側の寺にいるのだろう。

「顔は見たか」

「いえ、三人とも背を向けていましたものですから」

「どんな奴らだった？」

「あまりきれいな身なりはされていませんでした。短い袴を穿《は》いて……」小坊主が目を見開く。「そうそう、一番後ろにいた者は背が小さいのにものすごく長い刀をかんぬきに差しておりました」

みすぼらしい身なりで長大な刀を差している連中は品川でも見かけることがあった。

目をぎらぎらさせて闊歩《かっぽ》している。幕府に異心を抱く不逞の輩が多い。

そのとき小坊主が二人、戸板を運んできて地面に置いた。誠之進は小野の大小の下げ緒を解き、抜き取った。治平が伸ばした手に大小を載せると、誠之進はぐったりした小野を抱えあげた。小坊主や騒ぎを聞きつけてやってきた百姓たちが手伝って小野を戸板に寝かせ、治平がそのわきに大小を置く。

「とりあえずわしの家へ」

いつの間にかやって来ていた父が声をかけた。

数人で戸板を運び、隠居所の庭から縁側へ運びこむと父が小坊主と百姓に礼をいって帰らせた。庭に立ったまま、小野を見つめていた父が低い声でいった。

「千代松が下屋敷に行っている。手の空いている者を連れて戻ってくるだろう」

殺されたのが磐城平藩士である以上、まずは藩内で調べ、その後幕府に報告を上げることになる。

誠之進も横たわる小野に目を向けたままいった。

「小坊主が三人組といってました。怒鳴り声が聞こえて、それから水音がしたので寺を飛びだしたと。逃げていくところで背中しか見ていないようです」

それから誠之進は治平に手伝わせて、小野の上体を露《あら》わにし、傷をあらためた。腰に二ヵ所、刺し傷があり、そのうちの一つが鳩尾《みぞおち》に抜けている。顔にある擦り傷は用水に落ちたときについたものかも知れない。

一人が小野に声をかけ、気を引いている間に二人が背後から刺したのだろう。卑怯な手口だ。

脱がせた小袖を裸の小野に掛ける。

さりげなく周囲をうかがった父が自分の懐から油紙の包みを取りだした。

「さきほどの反古だ。お前に渡しておく。藩の連中が来ると何かと面倒だし、手間がかかる。お前はもう帰れ」

「わかりました」

包みを受けとり、懐に入れる。

父が誠之進を見た。

「まずは亀太郎を探せ」

「はい」誠之進はうなずいた。「小坊主の話では逃げていった三人のうち、一人は長剣を差していたそうです」

顔をしかめた父がつぶやく。

「厄介なことになりそうだな」

第二話　西国から来た男

一

一尺二寸か。

手にしたキセル筒を眺めて、司誠之進は胸のうちでつぶやいた。断面は長円で幅一寸、厚みは六分ほどある。

三日前、長曽禰興里の大刀と根本国虎の小刀を預けるため、〈研秀〉に立ち寄ったとき、秀峰に渡された。ひどく重かった。

誠之進はいったものだ。

『タバコなんか服《の》まないぜ』

『蓋を抜いてみな』

キセル筒は三分の一ほどが蓋になっていて、巻きつく蛇の彫刻が施されている。蛇の胴と筒をつかみ、左右に引っぱったが、びくともしなかった。

『何だよ、抜けやしない』

『だろうな』にこりともしないで秀峰がいう。『鋼の無垢棒《むくぼう》のまわりに銀を張って彫ってあるだけだ』

なるほどずっしり重いわけだ。

『秀三《しゅうざ》がこさえた』

秀峰には三人の息子がいる。長男秀太郎《しゅうたろう》は研ぎ師として独立しており、次男秀二郎《しゅうじろう》は刀工となった。三男秀三郎《しゅうざぶろう》は銀細工の職人になっていたが、時おり変わったものを作った。

『物騒なご時世だからな。丸腰はいけねえ』

喧嘩ギセルというものがある。長さ一尺以上が大半で、ぶっとい上に全鉄製だ。帯刀を許されない町奴《まちやっこ》がよく帯に差している。刃物を受けることもできるし、人を殴るのにちょうどいい。しかもタバコが服めるのであくまでもキセルだといいはれる。

『だけど、あんたはタバコを服まない』

それでキセル筒にしたというわけだ。

蓋に斜めになって巻きついている蛇の胴には精緻なうろこが彫りこまれていた。逆手に持って蓋を握れば、蛇の胴と胴の間にぴたりと指が収まり、うろこが滑り止めになった。蓋の先端で蛇は鎌首を持ちあげ、紐をくわえており、紐の先には刻み夕バコを収める平べったい革製の箱が付いていた。キセルなど入っていないのだから夕バコ入れも空だ。

蛇の下顎に小指を引っかけて握ると力をこめやすかった。

逆手に持ち、蓋を握ると軽く振ってみた。

ぶんと音を立てる。

ため息をつき、キセル筒を置くとごろりと横になった。

三日間、昼も夜も品川宿をうろついていた。人探しのためだ。一人は達者な絵を描く若い男で、おそらくどこかの旅籠に流連《いつづけ》して絵を仕上げているはずだ。あとは薄汚い浪人体の三人組で、そのうちの一人はチビ助のくせに長大な剣をかんぬきに差している。

四人とも人相はわからないのだから探せという方に無理がある。しかも三人組は品川宿で姿を見られたわけではない。

東海道に入って最初の宿場町ゆえに昼夜を問わず人通りが多い。それだけに不逞の輩も多数入りこんでいた。だらしない形《なり》をして、ひときわ長い剣をこれみよがしに持ち歩く者も少なくない。

本人たちは一種の傾奇者《かぶきもの》を気取っているつもりなのだ。

かつて江戸では華美な衣装をつけ、仰々しく髷を結いあげた連中が跋扈していた。旗本の次、三男が多く、ちょっとしたことで因縁をつけ、喧嘩を吹っかけ、騒ぎを起こした。そうした連中が好んでたばさんだのが抜くのにも苦労する長大な刀である。

あえて薄汚い格好をしながら長剣を持ち歩くのも目立ちたいからに他ならない。

父と兄に命じられ亀太郎という男と小野を突き殺した三人組を追っているのだが、空しく三日が過ぎていた。噂が入ってこないわけではない。逆に多すぎるのだ。品川宿に出入りする客は日に数百人とも千人を超えるともいわれ、怪しげなのはいくらでもいた。疑いだせばきりがない。

咳払いが聞こえ、目を開けた。入口に目をやると戸を開け、のぞきこんでいる者があった。父の中間《ちゅうげん》をしている治平だ。

誠之進は起きあがった。

「上がってくれ。といっても三和土のほかは見ての通り一間しかないが」

「そうですね。上がったが最後、反対側に飛びだしてしまいそうだ」

嫌みをいいながらも治平が履き物を脱いで上がり、誠之進の前で正座した。

「ご隠居様から手紙を預かってまいりました」

懐から小さく折りたたんだ紙片を取りだすと誠之進に渡した。広げてみると紙片には父の手で明日酉《とり》の刻、金扇とだけ記されていた。金扇は品川宿の入口、歩行新宿にある茶屋だ。

紙片を下ろし、答えた。

「承知したと伝えてくれ」

「はい」

答えた治平だったが、床に放りだしてあったキセル筒を手にしていた。

「竹様はいつからタバコを召し上がるようになったんで？」

誠之進の生まれる前から父の中間をしている治平ゆえ、いまだ幼名で呼ばれた。

「やらないよ。とりあえず蓋を抜いてみろ」

いたずら心を起こし、さりげなくいってみた。だが、キセル筒の重さを量るように手のひらに載せて上下させた治平はしげしげ眺めていった。

「抜けるわけがない。しかし、いい工夫でございますな」

次いでタバコ入れをのぞき込み、口元を歪めた。

「空っぽでございますな」

「キセルもないのにタバコだけ入れておいてもしようがないだろう」

「せっかくの工夫もこれじゃ台無しでございますよ」

そういうと治平が自らの帯に差してあったキセル筒を抜いた。キセル筒にはタバコを入れた革袋がついている。革袋に手を入れ、南天の実ほどの鉄の粒を取りだした。十数個はある。

誠之進の口元に笑みが浮かんだ。

「指弾《しだん》か。懐かしいな」

渡り中間の治平だが、父が望んだこともあって居着いてしまった。珍しい芸当をいくつか身につけていて、そのうちの一つが指弾である。

指の間に鉄の粒を挟み、手首を返すだけで投げるため、指弾といった。五間までなら狙ったところに当てられるといい、実際、飛んでいる鳥を撃ち落として見せたこともあった。まだ幼かった誠之進は仰天し、その技を身につけたいとせがんだ。

『お武家様がなさるようなものではございません』

治平は美濃の山奥の生まれで、父や兄は猟師《またぎ》をしていた。幼い頃は鉄砲はもちろんのこと、弓矢さえさわらせてもらえず、代わりに礫《つぶて》を投じる技を仕込まれた。四、五歳の頃、狙った獲物に礫を当てられるようになって指弾を与えられたという。

山に棲《す》む民の技だと渋る治平に誠之進はしつこく食いさがって、ついに根負けさせた。誠之進はたちまち上達し、治平が宙に放った小石に命中させられるまでになった。

治平がタバコ入れに指弾を入れ、その上に刻んだタバコを被《かぶ》せて蓋をした。

「何かと物騒でございますからな」

「どいつもこいつも似たようなことをいいやがる」

誠之進の言葉に眉根を寄せた治平だったが、それ以上は訊かなかった。

「明日、国許から小野仁右衛門殿が上屋敷に来られる」

茶屋〈金扇〉のこぢんまりとした座敷で二人きりで向かいあうと盃を手にした父東海がいった。

小野仁右衛門の嫡男、仁九郎こそ、藩主の肖像と、登城に際し屋敷を出ようとする行列を描いた絵をもたらし、下屋敷のそばで背を刺され、落命した男だ。

「それでは小野の葬式が……」

「いや」父がさえぎるようにいった。「葬式は済んでいる。小野殿は江戸詰の同役と調整を要する事案があってな。それで江戸へ来るんだ」

父が手にした盃をあおり、誠之進は銚子《ちょうし》を差しだした。受けながら父がつづけた。

「それに小野仁九郎はすでに火葬した。ほら……」

寺の名前を口にした。襲われ、用水に落ちた小野を見つけた小坊主のいる寺だ。

「これも何かの縁だろう。住職が懇ろに弔ってくれたよ。ただし、幕府の方には病死として届けた」

無理もないと誠之進は思った。たとえ襲われたにせよ、小野の傷は背中にあった。刃傷《にんじょう》沙汰《ざた》となれば、幕府目付の詮議が入る。理由の如何《いかん》を問わず私闘は禁じられているし、背中の傷とあいまって武士道不覚悟の責めまで負わされる。

たいていの寺は火葬場《やきば》を持っているが、遺骸を骨になるまで焼くには大量の薪を必要とする。棺桶ごと埋めてしまうのが手っ取り早く、安上がりだが、できれば、国許に返したいのが藩の意向であり、帰ってきて欲しいのは親心だろう。骨を収めた白木の箱であれば、父親仁右衛門が抱えて帰れるだけでなく、背中の傷も灰になる。

父の隠居所で会った小野の様子が脳裏を過《よぎ》った。おそらく亀太郎とともに品川宿に出入りしていたのだろう。うつむいて、ぼそぼそと話していた小野も今では物言わぬ骨となって小さな箱に収まってしまった。

しばらくの間、父子は黙々と酒を飲み、酒肴《しゆこう》を口に運んだ。

膳の上には大皿に刺身、焼いた小鯛《こだい》、なますが盛り合わせになっており、蓋付きの椀《わん》には煎り蒸しにした鶏、片手桶には香の物が入れられている。格式では吉原の方が上かも知れないが、こと魚についてはひけをとらない、いや、こちらが上と品川の連中は口をそろえる。

誠之進は空になった父の盃に酒を注《つ》いだ。

「その後、亀太郎について何かわかったか」

「申し訳ございません」誠之進はまず詫びた。「歩きまわってはいるんですが、それらしい者を見つけられずにおります」

「人相もわからないのでは無理もない。仁九郎を襲った三人組にいたっては品川に出入りしているのかもはっきりしないからな」

「はあ」

「亀太郎といっしょに品川通いをしていたのは、おそらく仁九郎であろう」

思わず父を見た。父が目を細め、誠之進を見返す。

「それくらい察しはつく。千代松ごとき木石といっしょにするな」

千代松が兄の幼名である。

江戸詰の長い父が品川のみならず吉原にも出入りしているのは知っていた。ほかの藩の役員たちとひそかに会合を持つのが目的だったろうが、遊里に出入りすれば、酒を飲み、遊びもするのは当然だ。

いや、兄上なら酒色をかえりみず目指す相手との会合が終われば、さっさと帰ってしまうかも知れないと思った。

「芳野塾に仁九郎が急逝したことを知らせなくてはならなかった。だから使いを出すことにしたんだ」

「兄上が手配なされたのですか」

「こういう巡り合わせになってしまったからな。だからわしが行ったよ」

誠之進は目を剝いた。

「父上が？」

「隠居だからといって馬鹿にしたものでもないぞ」

にやりとする。

「二、三、訊きたいこともあったし、芳野塾は浅草にあるんだ。せっかく足を運んだついでだ、久しぶりに吉原《なか》をひやかしてきた」

誠之進は小さく首を振り、手酌で酒を飲んだ。

「塾頭の芳野金陵は不在……、というかずっといない」

儒者芳野が浅草に私塾を開いたのは三十年以上も前だが、それから二十年ほどして駿《する》河田中藩《がたなかはん》に儒学者として仕え、藩校の創設にあたった。江戸藩邸でも儒学教授をすることとなり、浅草の私塾はそのまま継続させたという。

「駿河と江戸を行ったり来たり、江戸でも自分の塾だけでなく、藩邸での講義も受けもっているそうだ」

「目が回りそうですね」

「門下生に優秀なのがいれば、代講はいくらでもできるだろう。わしは師範代と話をしたが、できそうな男だ。雑談にかこつけて、聞きだしたんだが、門下に日本橋にある織物問屋……、山倉《やまくら》という店《たな》の跡取り息子がいるそうだ。名を卯之介《うのすけ》という」

父が香の物を指でつまんで口に放りこみ、音をたてて嚙《か》んだあと、酒でのみくだした。

「馬鹿に金回りがいいらしく、いつも四、五人の取り巻きを引きつれて歩いている。情けない話だが、取り巻きはいずれも旗本や御家人の倅どもだという」

「その中に小野も？」

　訊きかえすと父が口元をへの字に曲げ、うなずいた。

「それに亀太郎も取り巻きの一人だったようだ。吉原や品川にくり込むときは卯之介の懐だけが頼りだったらしい。塾での講義はだいたい日のあるうちには終わるからくり出すのに都合がいい」

　父がまっすぐに誠之進の目を見る。

「品川の味を卯之介に教えたのは亀太郎だという話だ。それまで卯之介が遊びに行くのはもっぱら吉原だった」

「亀太郎は芳野塾に入る前から品川を知っていたことになりますね」

「仁九郎が亀太郎は西国のどこかといっておったな」

「はい」

「ひょっとしたら江戸へ入る前に品川で馴染みができていたのかも知れない。西から来れば、ここは江戸へ入る最後の宿場になる」

「そうですね」誠之進はうなずいた。「まずは卯之介を当たってみることにしますか」

「塾の方を訪ねろよ。山倉というのは結構な大店《おおだな》だそうだ。お前が乗りこんで直談判に及べば、いろいろ面倒になる」

「わかりました」

誠之進はもう一度うなずいた。

芳野塾は浅草御蔵《おくら》の裏手にあった。

『せっかく足を運んだついでだ、久しぶりに吉原《なか》をひやかしてきたよ』

父のいうことにも無理はない。舟で隅田川《おおかわ》をちょっと上って山谷堀《さんやぼり》に行き、そこで猪牙《ちょき》に乗り換えれば、もう目の前が吉原だ。

〈金扇〉で父と会った翌日、昼過ぎには芳野塾の前に至って行ったり来たりしていた。武士を取り巻きにしたがえた大店の息子ならば、いやでも目につくだろう。

芳野塾は立派な門構えの屋敷で、日が傾きかける頃には門下らしき若い男たちが三々五々出てくる。とっくに夕七つの鐘を聞いており、西の空が赤く染まりつつあった。空振りかと思いかけたとき、その男は出てきた。

底意地の悪そうな人相を見た瞬間、ぴんと来た。縞の紬を嫌みなほど小粋に着こなし、揃《そろ》いの柄の羽織を重ね、雪駄を爪先に引っかけている。すらりとして背が高く、細く結った髷を右に傾けていた。金のかかった形《なり》はいかにも大店の倅だ。

四人の男たちがついていた。きちんと羽織、袴を着け、大小を手挟んでいる。いずれも若かった。

塾を出た男たちは談笑しながら隅田川の船着き場の方に向かっている。顔がだらしなく笑み崩れているのは今宵の妓《おんな》についてあれこれ話しているせいかも知れない。

人通りの絶えた路地に入ったところで誠之進は一気に間を詰め、背後から声をかけた。

「ちょいとごめんなさいよ」

五人が同時に足を止めた。真ん中の卯之介らしき男はふり返らなかったが、ほかの四人が誠之進を見ている。

最後にゆっくりと真ん中の男がふり返り、誠之進を見た。

着流しで町人風に髷を結い、帯にキセル筒を差しているだけとわかって、少しほっとしたようだ。

「卯之介さんじゃございませんか」

「そうだが、そちらさんは？」

「やっぱりそうだ。あたしは品川の旅籠で厄介になってるケチな野郎にござんす。小野仁九郎さんについて訊きたいことがござんしてね」

「小野……」卯之介は小首をかしげた。「はて、名前に心当たりはないが」

「同じ塾の門下だと聞いたんだけどな。それじゃ、亀太郎って名は？　こっちは少し前に塾を辞めたらしいが」

卯之介が目を細める。酷薄そうな光が横溢《おういつ》した。

「亀太郎にはお心当たりがあるようだ。実は小野ってお侍と、亀太郎には少しばかり売り掛けが残ってましてね。あんたなら何か知ってるんじゃないかと……」

「あかの他人の売り掛けなど知ったこっちゃないね。あたしはいつもきれいに遊《あす》んでいる」

ふっと笑い、取り巻きを見まわしてつぶやいた。

「遊ぶ金に困ったことなどない」

四人の武士が声を上げて笑った。

天下の往来で間抜けに歯なんか見せるんじゃないよと思ったが、ぐっとのみこんだ。

「なるほどねぇ」

誠之進は四人の武士たちをゆっくりと眺めわたした。下手《したて》に出てみたが、すんなり話を聞けそうにはなかった。

ならば、少し掻き混ぜてやるか……。

「腐るほど金を持ってそうだ。金魚の糞《ふん》が四つもついてやがる」

四人の顔が紅潮し、いっせいに抜刀した瞬間、誠之進は舌打ちして胸のうちでつぶやいた。

いきなり抜くな、馬鹿ども——。

二

鼻先に並べられた四つの切っ先を眺めるうち、誠之進は自らの裡《うち》に昏《くら》い眼をしたもう一人の自分がゆっくりと立ちあがるのを感じた。

血の気が引き、頬が冷たくなっている。

もう一人の自分とは冷たい怒りに他ならない。子供の頃の誠之進は凄《すさ》まじい癇癪《かんしやく》持ちで、いつも父に諌《いさ》められていた。長ずるにつれ、少しずつ抑制する術《すべ》を身につけていたのだが、時おり、どうしようもなく湧きあがってくる。

いかんな、といつもの自分は見ている。

怒りの根源は四人の若者たちが剣を抜くという行為をなめてかかっているところに発していた。誠之進は町人体である。四口《よふり》の白刃を閃《ひらめ》かせれば、それだけで怯《ひる》むと思いなしているのだ。

『大刀は御主君の災禍を払うため、小刀は自裁するためにある。それ以外では決して抜いてはならん』

くり返し叩きこまれた父の教えで、結びはいつも同じだった。

『ただし、いったん抜けば、必ず命のやりとりになる。覚悟せよ』

父から学んだ唯心一刀流は戦国時代からつづく。古くさいが、愚直なまでに実戦的な剣だ。ふだんの稽古では剣術、槍術が中心だが、剣ならば定寸の大刀から短く太い鎧《よろい》通《どお》しまで使い、長短槍、長刀《なぎなた》と何でもこなせなくてはならない。さらに得物がなければ、素手で敵を倒すための体術も仕込まれた。

混乱した戦場では手元に何があるかわからないし、何もないことも考えなくてはならないからだ。

刀を抜いてみせれば、相手は恐れ入ると四人は思っている。おそらく町人相手に抜刀するのも今日が初めてではないのだろう。その証拠に四人の刀は研秀が吐きすてる華奢《きやしや》な美刀であり、殺気も感じられない。

どうせ使わない剣ならば、細身で軽い方が腰の負担も少ない道理である。

一方、四人に哀れさすら感じてもいた。つねに冷や飯食いと馬鹿にされ、嫡男が死ぬか、別の家へ養子の口でもなければ、生涯飼い殺しが運命《さだめ》なのだ。四人ともに構えだけはしっかりしていた。幼少の頃から剣術を仕込まれ、生真面目に稽古に励んできた証左ではある。だが、所詮は竹刀で打ち合ってきたに過ぎない。いくら速くとも人は斬れない。

四人の後ろに立ち、顎を撫でてにやにやしている卯之介を見たとき、いつもの自分は消え、惛い眼をした誠之進が身のうちに充満した。卯之介と違い、四人の表情は驚きから切羽詰まったものになっていった。多少なりとも剣を学んでいるだけに誠之進が使えることはわかるのだ。

無造作に間合いに踏みこむ。

誠之進から見て左端にいた男が刀を頭上に振りあげ、甲高い奇声とともに撃ちこんできた。

直後、鉄《かね》同士が衝突する鋭い音が響きわたった。

誠之進は腰の後ろに差してあったキセル筒を逆手に抜き、斬撃を受けとめていた。男が目を剝き、口を開けていた。その目はキセル筒の表面に食いこんだ大刀を見つめている。間髪をいれず、誠之進はかためた左の拳を相手の頰に叩きこんだ。

一人目が声もなく倒れると右端の男が斬りこんでくる。

誠之進は誘うように顎を突きだしておき、相手が打ちこんでくる刀の動きを見切って、身を退いた。勢いあまった切っ先が地面に突き刺さったときには、横合いから三人目が打ちこんでくるのを目の端にとらえていた。振りおろされる白刃をキセル筒で受けとめる。

「ぬう」

食いしばった歯の間から声を漏らした三人目にすっと身を寄せた。刀を受けていたキセル筒を引くと同時に突き飛ばす。

わっと悲鳴を上げた三人目は地面に突き刺さった刀を引き抜こうとしている二人目の男に覆いかぶさり、二人はもつれるように転がった。

キセル筒の先端で鎌首を持ちあげている蛇の下顎に指をかけるとくるりと反転させ、蛇の胴を握った誠之進は四人目に対峙《たいじ》した。

居合いを使うらしく、抜いた刀を鞘《さや》に戻し、躰を低くして誠之進を睨めあげている。しかも鞘をひっくり返している。下段から抜き撃ちをかけるなら刃を下向きにした方が速い。格好だけは一人前だが、果たして腕前は……。

見極めるため、またしても誠之進は顎を突きだした。

鋭い気合いとともに抜き放ってきたが、そのまえに誠之進は顎を退《ひ》いている。白刃は空を切った。刃勢に欠ける刀の動きを見切るのは造作もない。

両手で握った大刀で天を突くように伸びきった男の懐に踏みこみ、呆然《ぼうぜん》としている男の鼻にキセル筒を握った右拳を叩きこんだ。

四人目がくずおれる前に、卯之介が身を翻して走りだした。

叫ぶ。

「誰か、お助けを……、つ、つ、辻斬《つじぎ》りだ」

馬鹿が——誠之進は追いすがりながら腹の底で吐きすてる——刀も持たない辻斬りがあるか。

追いついた誠之進は卯之介の背中を突き飛ばした。足をもつれさせた卯之介がたたらを踏んで何とかこらえようとしたが、なまこ塀に顔から突っこんだ。そのままずるずる下がる。塀に血が筋を引いた。

近づいた誠之進は卯之介の脇腹を蹴ってひっくり返した。同時に卯之介が右手を突きだす。その手には黒鞘の匕首《あいくち》が握られている。

ひょいと足を引っこめて躱し、逆に卯之介の手首を左足で踏んづけた。

鈍い音がして、足の裏に手首が折れる感触が伝わった。指が開き、匕首が地面に転がる。手首を踏んづけたまま、かがみこみ、匕首を拾って放り投げた。

「あいつってのは？」

卯之介がまなじりが裂けそうなほどに目を見開き、叫んだ。

「玉木屋《たまきや》だ。北品川の玉木屋に夕凪《ゆうなぎ》って婆《ばば》ぁがいる。あいつは馬鹿だ」

「亀だ。亀太郎だよ。馴染みだって……」

「亀太郎ってのは、どこの出なんだ？」

「西の方といっていた……、だが、知らん。それ以上は知らん。知りたいとも思わん。ちくしょう……、手が折れちまった」

顔をぐしゃぐしゃにして卯之介が泣きだしたとき、背後で鋭い悲鳴が聞こえた。ふり返る。

二人連れの女が路地に倒れている男たちを見て喚《わめ》いている。
誠之進はゆっくり立ちあがると女たちとは反対の方角に向かって歩きだした。

なぜ抜いたのか……。

卯之介に付き従っていた四人組のことである。浅草蔵前から舟に乗って芝金杉橋《しばかなすぎはし》で降り、東海道を歩きだしてからも誠之進はくり返し同じ言葉を胸のうちにつぶやいていた。四人とも怪我は大したことはあるまい。せいぜい殴られたあとが青黒い痣《あざ》になるくらいのものだ。しかし、たとえ軽くとも怪我をした理由が往来で町人相手に喧嘩をしたとなれば、ただでは済むまい。私闘は御法度である上、相手はキセル筒を使ったものの丸腰なのだ。

卯之介の口から漏れずとも、二人連れの女が見ていた。いずれ人の口に戸は立てられぬが道理だ。悪くすれば、養子の口もかからず一生飼い殺しとなるかも知れない。だが、自業自得であり、小野仁九郎と違って生きてはいける。

〈研秀〉へつづく路地の入口が見えてきたときには、少々申し訳ない気持ちになった。キセル筒は最初の斬撃を受けたときに芯鋼に達するほど深く傷ついている。

いずれ詫びに行こうと決め、今日のところは通りすぎた。

右手前方には夕焼け空に御殿山がくっきり浮かび、左の湊には帆をたたんだ漁師の舟がびっしりつながれている。やがて品川宿の入口——歩行新宿が近づくにつれ、旅籠や茶屋の軒先に下がる赤や白の提灯が延々つづいているのが見えてきた。

歩行新宿《かちしんしゅく》に入るとぐっと賑わいが増した。湯屋から出てきた二人連れの女の顔は艶艶しており、その女たちを目で追う男の二人連れはみょうに真剣で切羽詰まった顔つきをしていた。旅籠、引き手茶屋のほか、呉服屋、荒物屋、小間物屋、魚屋、八百屋と色とりどりの店《たな》がびっしり並んでいる。

「よお、見回りかい」

声をかけられ、ふり返った。台屋《だいや》で運びをしている富吉《とみきち》がすぐ後ろに立ち、にやにやしている。

台屋といっても踏み台を売っているわけではなく、台のものと称する料理を仕出ししている店だ。昨夜、父と食べた料理も台屋から取っている。台屋では出前持ちではなく、運びと称した。

藍染めの腹掛けに水色の股引《ももひき》、印袢纏《しるしばんてん》を羽織っている。すっかり春めいてきたからいいようなものの、真冬でも同じ格好で得意先を回った。運びには運びの形《なり》がある。伊達《だて》の薄着を地で行っていた。

富吉は大戸屋にも毎日のように来ており、すっかり顔なじみになった。

「まあ、そんなところだ。お運びかい？」

「おう。芝まで行って、その帰りよ。行きは台のものを抱えてるから駆けるわけにはいかねえ。だから帰りはいっさんに駆けて来なきゃ、次が間に合わねえ」

富吉の顔は汗でびっしょりと濡《ぬ》れていた。

「大変だな」

「毎日《まいんち》のこった。慣れてるよ。これから大戸屋へ？」

「いや……」誠之進は空を見上げた。「まだ、宵の口だ。騒ぐほどの酔っ払いはいないだろう。呼びだされるとすれば、夜中だよ」

「あんたの稼業も楽じゃねえな」

「お互い様だ」

「違《ちげ》えねえ」

からから笑った富吉が駆けていった。

街道を歩いていると、そこここから声をかけられ、挨拶を返した。たった二年しか住んでいないのに古くからの馴染みのように受けいれてくれた。

大戸屋の前にかかったとき、三階に目をやった。汀の部屋の障子は開いていたが、姿は見えなかった。暗いところを見るとまだ客はついていないのかも知れない。

法禅寺わきの長屋へつづく路地を通りすぎ、北品川――地元では本宿と称していた――を目黒川にかかる橋の手前まで来た。橋を渡れば、南品川になる。足をとめた誠之進は一軒の旅籠を見やった。

軒先の提灯に玉木屋と記されている。今まで何度も前を通りすぎながら立ちどまって眺めたことすらなかった。

玉木屋は街道の山側にあり、二階建てで、開けはなたれた入口からは上《あ》がり框《がまち》に並んで顔見世をしている妓たちの姿が見えた。三階がないということは部屋持ちの妓がいないという意味で、安上がりに遊ぶことができる。

夕凪はいるのかと思ったが、もし、店先に並んでいるようなら亀太郎は流連《いつづけ》を切りあげ、出ていったことになる。

玉木屋から袢纏を羽織った中年の男が揉《も》み手《て》をしながら出てきた。だが、近くまで来て誠之進だとわかると愛想笑いが苦笑いに変わり、戻っていった。

誠之進も苦笑し、来た道を引き返しはじめた。

大戸屋に近く、顔も知られている以上、客の振りをして玉木屋に登楼《あが》るわけにはいかなかった。

正徳寺《しょうとくじ》門前にかかると誠之進は表の戸を開けはなしている一軒に入った。上がり框に腰かけていた若い男が立ちあがって近づいてきた。

「どちらさんで？」

框の奥、長火鉢を前に座っていたいかつい男が声をかけてきた。

「徳《とく》、その人はいいんだ」男が手を上げる。「こっちへ上がっておくんなさい」

うなずいた誠之進は懐から手ぬぐいを出し、草履を脱いで足を拭くと長火鉢の前に腰を下ろした。

いかつい男——藤兵衛《とうべえ》は旅籠や茶屋に男手を紹介する口入れ屋を稼業としている。屋号を橘屋《たちばなや》といった。入口の障子には、丸で囲んだ橘の一文字が大書されていた。

「ご無沙汰でしたね」

「申し訳ない。ご近所だといつでも来られると思って、つい足が遠のいてしまう」

「たまには顔を見せてくださいよ」

先代藤兵衛が父の中間をしている治平の知り合いという縁があった。誠之進を大戸屋につないでくれたのは目の前にいる当代である。

「ちょうどいいところにおいでくださった」

治平の紹介なので誠之進が何者なのかはある程度察しているのだろう。ていねいな口の利き方をする。

「誠さんに使いを出そうと思っていたところでござんしてね」

「何か」

「実は汀の絵が欲しいという旦那がおられやして。ここは一つ、誠さんに描いていただけないかというんで」

つい先日、大戸屋で板頭を張る汀に呼ばれた。鮫次が汀を描きたいといっているといって裾の間へ誠之進の手をいざなった。つるりとした感触が指先に蘇《よみがえ》ってきて、咳払いをする。

すかさず藤兵衛が訊いた。

「お風邪でも召されましたか」

「あ、いや……、何でもない」

「十両出すって話でございまして」

「そりゃ、大金だ」誠之進は顔の前で手を振った。「私なんぞの絵にそんな価値はない。ちゃんと技倆《うで》のある絵師に頼んだ方がいい」

「あっしもそう思いやす……、あ、いや、別に誠さんの絵がどうこうってわけじゃございやせんよ」

誠之進は苦笑した。

「いいよ。自分の絵がどれほどのものかわかってる」

「実は大戸屋には話を通しに行ったんでさ。別に裸の絵ってわけじゃなし」

「裸じゃなくていいのか」

「何だかがっかりなさってるようで」

藤兵衛がにやにやした。

「いやいや」

「ところが、肝心の汀の奴が承知しないんでさ。大戸屋にしても汀の機嫌を損ねたくはねえんで。何しろあそこじゃ一番の売れっ子なもので」

「そうだな」

「それで誠さんに、と考えついた次第でして。絵師だし、大戸屋に出入りなさってる。誠さんの筆なら汀も承知するかも知れないと思いやしてね」

誠さんならとつぶやいた汀の声が耳元に蘇る。

誠之進は首をかしげ、こめかみを掻いた。

「訊くだけ訊いてはみるが……」

藤兵衛がにっこり頰笑んだ。

「助かりました。何しろさる大店《おおだな》のご隠居でうちにとっても大の得意先なんですよ。しくじるわけにはいかないし、どうやって汀と話をつけたもんかと思案にくれておりやしてね。どうかあっしを助けてやっておくんなせえ」

今にもすがりつきそうな風情の藤兵衛に誠之進はあいまいにうなずいた。藤兵衛が身を乗りだし、長火鉢の縁に両肘をつく。

「それで誠さんの御用向きは？」

藤兵衛にかぎらず口入れ稼業をしている者は親分と呼ばれ、相談事が持ちこまれる。

口入れ屋には絶えず十数人の男たちがたむろしていて、男手が必要だといわれれば送りこんでいた。また、揉め事が起こった際、とりあえず数人引きつれて乗りこめば、大半は解決する。

口入れ屋にたむろしている男たちの中には曰《いわ》く因縁のある食い詰め者も少なくないが、橘屋でも同じようなものだ。

「この先の玉木屋だが、あそこにも誰か入れているかい」

「ええ。今、一人やってます。勘三《かんぞう》って野郎ですがね」

「玉木屋に夕凪という妓がいるんだが」

「ああ、あれなら知ってます。品川宿に長い妓にござんす。昔は別の見世で部屋持ちだったそうですが、寄る年波には勝てません。年季なんかとっくに明けてまさぁ。でも、どこへも行き場がないんでしょうなぁ。それで玉木屋に住み替えたが……、で、夕凪がどうかしましたか」

誠之進は声を低くした。

「今、流連《いつづけ》の客がついているらしい。しかし、もう発《た》ってしまったかも知れない。それを知りたい。できれば、客の素性も」

「ようがす。勘三にちょっとあたらせやしょう」

「恩に着る」

「それほどのことじゃありませんよ。それにこっちも商売だ。無理はしません」

「それでいい」

誠之進はふと思いついて口にした。

「浪人体の三人組を見かけることはないか。人相はわからないんだが、どいつも薄汚い格好をして、そのうちの一人は背丈がないくせに引きずりそうなほど長い剣をかんぬきに差している」

「ほかには？」

「いや、わかっているのはそれだけだ」

藤兵衛が吹きだし、首を振った。

「宿場をうろついてる連中の半分がそんな輩でしょう。それに背の足りない奴ほど長い刀を持ちたがる。無い物ねだりもまた人情でござんしょうが」

「たしかに」

誠之進はうなずいた。


夜半、長屋で寝ているときわが飛びこんでくるなり叫んだ。

「また、蛸が暴れてる」

躰を起こした誠之進だったが、思いついて絵の道具を入れてある葛籠《つづら》を開き、油紙の包みを取ると懐に入れた。

三和土に降り、雪駄を突っかける。

「早く、早く」

きわが誠之進の手を引く。

どうして女の手はどれもひんやりしているのだろう……。

三

昨夜、きわが飛びこんできて、また大蛸が暴れているといったとき、誠之進はとっさに油紙にくるんだ下絵を懐に入れた。絵を見てもらおうと思ったからだ。きわのいう大蛸——鮫次にではなく、師匠の河鍋狂斎にである。

また付け馬になれば画塾を訪ねられるし、鮫次がきれいに払うようなら事情を話して狂斎につないでもらうつもりでいた。

思惑通りにことは運び、誠之進は付け馬となって画塾までやって来ることができた。ただし、今回はほんのわずか足りないだけで、付け馬をすると申し出たときには鮫次のみならず大戸屋の主まで怪訝そうな顔をしたものだ。

前回通された座敷で狂斎が畳の上に並べた二枚の下絵を見ていた。一枚は磐城平藩主安藤対馬守の肖像、もう一枚は上屋敷の門が開いて登城する情景が描かれている。腕組みし、目玉が乾いてしまうんじゃないかと心配になるほどかっと見開いたまま眺めていた。

となりで鼻の穴をほじっている鮫次をちらりと見て、誠之進は思った。

つくづくおかしな奴だ……。

昨夜、またしても汀に相手にされず、挙げ句に泥酔し、往来に飛びだして喚きちらした鮫次だったが、誠之進の顔を見るとぴたりと大人しくなった。そして誠之進を指さすなりいったものだ。

『覚えてるぞ、お前だ』

目がすっかり据わっていた。

『名は知らんが、その面ぁ忘れない。またぶん投げられちゃかなわねぇ』

そして大人しくあてがわれた部屋に戻ると大いびきをかき始めたのである。今朝になって、酔いも抜けたあとにあうと照れ笑いして頭を掻いた。

『誠さんが来たってことは、またやっちまったか』

昨夜のことはまるで覚えていない。鮫一か鮫三かわからないが、酔っぱらっている間だけ別人が立ち現れ、そちらはそちらでちゃんと話がつながっているようだ。洲崎の漁師町から魚河岸まで舟に乗せてもらい、神田明神の近くにある画塾まで歩いてきたのは前と同じだった。

　狂斎が両肘を畳につき、ひれ伏すような格好になると絵に鼻先をすりつけんばかりにして凝視した。目を細め、子細に観察している。やがてそのままの姿勢でいった。

「鮫、画帖《がちょう》」

「へい」

　返事をした鮫次は縁側に出て、さらに奥へと行った。ほどなく手文庫の上に画帖を載せて戻ってくると狂斎の手元に置いた。手文庫の蓋を取ると中には硯《すずり》、数本の筆、水を張った皿が入っていた。

　狂斎が上屋敷の絵をわきにやり、安藤対馬守の肖像と画帖とを並べた。ふたたび腕組みしてしばらく眺めていたかと思うと、やおら筆を執り、硯池《けんち》に浸した。墨丘で余分の墨を落とし、画帖の上へ持っていく。

　よどみない筆の走りに見とれているうちに安藤対馬守の顔が画帖に現れる。まさしくあっという間のことだが、単なる肖像ではなく、見事な模写になっていた。

　筆を置いた狂斎がつぶやいた。

「やはりそうか」

「何か……」

　誠之進は思わず身を乗りだした。

狂斎が顔を向ける。

「萩《はぎ》、毛利《もうり》家中の御用絵師に羽様西崖《はざませいがい》という者がいる」

「萩でございますか」

誠之進は胃袋の底をきゅっと握られたような気がした。小野も大店《おおだな》の嫡男卯之介も亀太郎は西国の出身といったが、どことは特定できなかった。萩という地名が出てきたのは初めてである。

一方、品川宿を跋扈している不逞浪人には長州萩の出身者が多い。兄――津坂兵庫助が危惧しているのは、若年寄から老中へと出世しようとしている藩主が命を狙われることだ。

亀太郎が萩の出で不逞浪人と交わりがあれば、兄の危惧が的中する可能性が高い。さらに玉木屋に流連《いつづけ》して絵を仕上げているのだとすれば、できあがった絵を不逞の輩に渡すためだと考えられる。

たった今描きあげたばかりの模写を見下ろし、狂斎がいう。

「筆遣いの癖というものは、どうしたって抜けないもんだ。わしは二十二のときに……」

十一歳で狩野派に入門し、九年で画号を授かり、修行を終えた。その後、縁あって館《たて》林《ばやし》藩秋元《あきもと》家中の絵師の養子に入ったが、二年で離縁になっている。それが二十二歳のときだという。

その後、絵師としてはなかなか売れず苦しい生活を強いられたのだが、同時に師匠を持たないがために何ものにも縛られることなく、どの流派の絵であろうと自ら欲するままに模写することができた。狩野派の修行をした身ながら土佐派、琳派《りんぱ》、唐画、円山応挙《まるやまおうきょ》を始祖とする四条円山派などの名画は元より浮世絵に至るまで模写をつづけた。その頃、羽様西崖の絵にも出会っているといった。

並べ立てられる流派の名を聞くだけでくらくらしそうだと誠之進は思った。まるであらゆる画法を手に入れようとしていたように聞こえる。

「人の顔を描くときに肝心なのは何といっても目だ。眉、目、鼻へとつらなる線に西崖師の癖を感じるが、本人の筆ではあるまい」

狂斎はふたたび誠之進を見た。

「下絵にしても線が稚拙に過ぎる。だが、西崖師の教えを受けていることは間違いない。これは何者が描いた？」

「芳野金陵という儒者の塾にいた者で亀太郎といいます」

反応したのは、意外にも鮫次だった。

「芳野塾……、亀太郎……、どこかで聞いたな」

腕組みし、首をかしげてぶつぶつつぶやいていたが、やがてはっと顔を上げると手を打った。

「あいつだ」

狂斎が眉根を寄せる。

「知ってるのか」

「はい。下谷《したや》でいっしょに仕事をしました」

鮫次の話では、半年ほど前、下谷にある曹洞宗《そうとうしゅう》の寺で襖や天井に描かれた仏画の修繕に駆りだされた中に亀太郎という男もいたという。修繕といっても絵師ではない鮫次のこと、筆を執ったわけではなく、必要とされる材料や道具を調達したほか、寺では顔料を溶いたり、筆を洗ったりする下働きをしただけのようだ。

「たしかに儒学者の門下だといってましたが、そのわりには絵がうまくって、最初《はな》は下働きでしたが、すぐに筆を揮《ふる》うようになりました」

今度は誠之進が訊いた。

「顔を憶えているか」

「ああ、見ればわかるよ」

鮫次であれば、玉木屋に登楼し、亀太郎を見張ることができるだろう。

狂斎に絵を見てもらった礼をいい、誠之進は玄関まで出てきた。鮫次が見送りについてくる。

誠之進は切りだした。

「頼みたいことがあるんだが」

「何だよ、改まって」

「品川に玉木屋という旅籠がある」

「ああ、知ってる。橋の手前だろ。玉木屋がどうかしたのか」

「登楼《あが》ったことは？」

「前に一度だけ」

「そいつはいい。ものは相談だが、玉木屋で流連《いつづけ》してもらえないか。費用はすべてこちらでもつ」

鮫次が目を見開き、次いで狡《ずる》そうな笑みを浮かべた。

「うまい話だが、何か裏がありそうだ。でも、他ならぬ誠さんの頼みだ。しようがねえ、承《う》けてやるよ。で、いつからだ？」

「今夜」

「ずいぶんと急ぎだな」

「都合が悪いか」

「全然」

だらしなく笑みを浮かべる鮫次に誠之進は法禅寺裏の長屋を教えた。

品川に戻り、大戸屋の近くまで来ると、ちょうど引き手茶屋の番頭に案内された二人連れの客が裏口に回ろうとしているところに出くわした。

誠之進は塀際で立ちどまった。

二人連れはどちらもきちんと羽織、袴を着けていたが、刀は差していない。大小は引き手茶屋に預け、旅籠への出入りには裏口を使うのが武士の作法である。

だが、このところ作法をわきまえない田舎侍が増えてきたと嘆く旅籠の主が多い。引き手茶屋を通さずにいきなり押しかけ、登楼《あげ》ろと騒ぐ。もちろん刀は差したままだ。強引に上がりこみ、泥酔した挙げ句、剣舞と称して刀を抜き、柱や襖に切りつける。

猪《いのしし》の肉を食わせろといった者も多いらしい。品川宿は江戸前の魚が何でもそろうが、猪はない。どうしても食わせろといって聞かないので野犬を捕まえ、猪だといって出した。食った田舎侍はさすがに江戸の猪は臭みがないと感心したそうだ。評判を聞きつけたのか、次から次へと猪を求める輩がやって来て、一時品川宿に犬の姿が見えなくなり、大崎あたりまでつかまえに行った。

刀を差し、侍と称するが、偽物が多く、まして浪人体となれば得体は知れない。小野を刺した三人組もいずれ似たような輩であろう。

誠之進は大戸屋の裏口から入り、帳場へ回った。文机を前に帳面を広げていた若旦那が顔を上げる。

「ご苦労様でした。無事につけは取れましたか」

「しっかりした家なもんで」

誠之進は懐紙にくるんだ二朱を若旦那の前に置いた。開いた若旦那が目を見開く。

「多いじゃありませんか」

「心付けでしょう」

「ありがたいことです」両手おがみにした若旦那が手文庫に収めた。「それはそうと橘屋さんの使いが見えましたよ。顔を出してくれとのことでした」

口入れ屋の藤兵衛が送りこんだ者が玉木屋の夕凪について調べてくれたに違いない。

誠之進は大戸屋を出ると橘屋へ行った。

「いらっしゃいまし」

徳という若い男が誠之進の顔を見ると両手を膝にあて、頭を下げた。奥では長火鉢を前に藤兵衛がタバコを服んでいた。煙の塊を吐きだす。

「呼び立てるような真似《まね》をして申し訳ありやせん」

「いや、こちらが頼んだことだ」誠之進は長火鉢を挟んで腰を下ろした。「それで何かわかったかい」

「四日前に来たそうです。何でも一年も前から夕凪のところに通っている馴染みの客だそうでござんす」

「一年前？」

「ええ。西国から来て、品川宿で泊まったのが玉木屋、ついた敵娼《あいかた》が夕凪でござんした。以来、月に二、三度やってきてるそうで」

「よほど気に入ったんだな」

「ええ。それでも流連《いつづけ》は今度が初めてだとか。今までは夕方に来て、翌朝帰るってのが決まりだったらしいですがね」

「どんな様子だ？」

「それがどうも部屋にこもりきりで。三度のおまんまも夕凪が運んで、とにかく付きっきりで世話を焼いているとか。部屋から出るのは風呂か便所《はばかり》だけ」

「何をしてると？」

「うちの者にのぞかせようとしたんでやすが、障子もぴたりと閉めたきりだそうで。それでも何とか一度だけ、ほんのちらりとのぞけやした。何でも畳一面に紙が散らばっているのが見えただけで何をしてるのかはわからなかったと。お役に立てず面目ねえこって」

散らばった紙――おそらく絵を仕上げているのだろう。

「いや、助かった。充分だ。親分のところから入れている人にはこれ以上無理をするなといってくれ。それともう一つ、横川まで使いを頼みたいんだが」

「ご隠居様のところで？」

藤兵衛は、そもそも治平の知り合いだけに父東海をご隠居様と呼んだ。

「紙と筆を借りられるかな」

「そっちもお安いご用でさ」

藤兵衛が徳を呼んで紙と筆を持ってこさせた。誠之進は父宛の手紙に亀太郎についてこれまでにわかったことと玉木屋に人を置きたいので五両用意してもらいたい旨をしたためた。

手紙をきれいにたたみ、藤兵衛に託すと立ちあがった。

とりあえず長屋に帰ることにした。夜には鮫次がやって来るし、早ければ、今夜のうちにも治平が金を持ってくるだろう。

歩きながら首を左右に倒す。首筋が湿った音をたてて軋《きし》んだ。

治平が日が暮れる前に長屋にやって来て、五両の入った巾着を誠之進の前に置いた。

「ご隠居様にすぐ竹丸様のところへ行くようにいわれまして」

巾着を託されるとすぐに隠居所を出て、舟を乗り継ぎ、品川湊まで来たという。誠之進は巾着を懐に入れた。

身を乗りだした治平がささやく。

「それともう一つ。竹丸様のお手紙を読んだあとにいわれたのですが、昨秋、上屋敷の改修をしたそうにございます。そのときに絵師を何人も入れて、襖絵をすべて描きなおさせたと」

鮫次は下谷の寺の改修を手伝いに行ったとき、芳野塾の亀太郎という男がいたといった。鮫次が下働きばかりだったのに対し、亀太郎は画力を認められて筆を執っていたことまで手紙に書いておいた。

磐城平藩上屋敷の改修に亀太郎が行っていれば、藩主《との》の顔を見ていても不思議はない。

いや、と思いなおした。間違いなく亀太郎は上屋敷改修に参加しているだろう。そうでなければ、藩主の顔を直接見る機会などあるはずがなく、登城する際の様子も見られない。

「上屋敷に入った絵師については千代松様に調べさせるとの仰せでございました」

「あいわかった」

誠之進は小さくうなずいた。

宵の口、約束通り長屋を訪ねてきた鮫次と連れだって玉木屋につらなる引き手茶屋に行った。誠之進の顔は知られていたが、登楼するのは鮫次だけだと断った。

もっとも品川宿にかぎらず客がいくつもの旅籠に出入りするのを嫌う。鮫次にしても大戸屋で二度も悶着を起こしているのだが、あちらこちらの旅籠や茶屋で飲み食いし、遊んでいる。

どうせおれはおはきもの、だから、と鮫次が笑う。

お履き物ではなく、お掃き物だ。田舎から出てきたばかりで江戸の流儀を知らない勤番侍や得体の知れない浪人者、酒癖が悪く無理難題を吹っかけては暴れるような客は嫌われ、掃いて捨てちまいたいという意味である。

酒が運ばれてきて、仲居が部屋を出て行くと誠之進は巾着を取りだし、小判を二枚渡した。鮫次が相好を崩し、両手で受けとると拝んだ。

「山吹色ってのは、いつ拝んでもありがたい心持ちになるね」

鮫次が袖に小判を収めると誠之進は銚子を取りあげて差しだした。

「大戸屋みたいな騒ぎは困るぜ」

「心得てるさ。ちゃんと妓がつけば、おれはご機嫌なんだ」

しばらく酒を酌み交わしたあと、誠之進は切りだした。

「あらかじめ断っておかなくちゃならないことがある」

「裏があるのは先刻承知だ」

「おれはさる御家中の命を受けて動いている」

「お武家だってのはうすうす気づいてた。誠さんはいつもぴしっと背筋が伸びてるからな。まあ、うちの師匠にしてもあれでお武家だがね」

狂斎は下総《しもうさ》国古河藩士の子である。もっとも父親は地元米穀商の息子だったが、河鍋家に養子に入っている。狂斎自身、一度は絵師の養子となり、その後飛びだして離縁という経験をしていた。

狩野派は将軍家御用達の絵師であり、入門を許されるのは武家の出にかぎられていた。誠之進の師匠も傍流とはいえ、狩野派の流れを汲《く》んでいた。

「先日、その家中の者が殺されたそうでね」誠之進は鮫次をじっと見ながら切りだした。「どうやらその一件に亀太郎が関わっているようなんだ」

「野郎が直接やったのかい」鮫次が首をかしげ、眉間にしわを刻んだ。「そんな風にも見えなかったがな」

「手を下したのは浪人風の三人組だ。人相はわからないが、そのうちの一人は長剣をかんぬきに差していたらしい」

誠之進の言葉を聞いて鮫次がにやりとした。

「そいつ、ちび助だろ」

「ああ」

「ちび助にかぎって長い剣を持ちたがる。鐺《こじり》を引きずって歩いているのを見ちまうといけねえな。笑っちまう」

酒を飲みながら誠之進は藤兵衛から聞いた夕凪と流連《いつづけ》をつづける客についてあらかた話した。

「わかった。とりあえず今夜は敵娼にそれとなく訊いてみることにしよう」鮫次がにやりとした。「まかせてくれ」

「それと玉木屋には勘三という若い衆がいる。藤兵衛という口入れ屋が入れた男だ。何かあれば、助けになってくれるだろう」

「勘三だな。わかった。先に小遣いでも渡しておこう」

「それがいいな」

ほどなく引き手茶屋の若い衆が障子の向こうから声をかけてきた。

「それではご案内いたします」

鮫次が目尻をにゅっと下げ、手にした盃をひと息に干して立ちあがった。

四

鮫次を玉木屋に送りこんだ翌々日、早朝に男が誠之進の長屋を訪ねてきた。

「ごめんなすって」

閉めた戸の向こうから声をかける。はねおきた誠之進は三和土に片足を下ろし、戸を開けた。細身ではしこそうな顔をした男が小さく頭を下げた。

「入ってくれ」

そういって誠之進は上がり框に上がり、片膝をついた。

「あんた、藤兵衛さんのところの？」

「へえ。勘三と申します。鮫次さんから言付かってまいりました。すぐ来て欲しいそうです。亀が首を出しそうだってといえば、旦那はおわかりになると」

誠之進はうなずいた。

「すぐに行く」

「玉木屋の向かいに団子屋がございまして。そちらで待って欲しいといわれておりまず」

もう一度うなずいてみせると、それではといって勘三が出ていった。

黒紬の着流しを羽織り、縞の帯を締めると枕元に置いてあったキセル筒を取って腰の後ろに挟んだ。雪駄をつっかけ、長屋を出る。路地には炊きあがった飯や魚を焼く匂いが流れている。

井戸のまわりで米をといでいたおかみさんたちが声をかけてくるのに挨拶を返し、玉木屋のある川の方へ向かった。

玉木屋の向かいにある団子屋とも顔なじみだ。初老の店主が誠之進を見て、目を丸くする。

「おや、誠さんとは珍しい」

「ちょっと店先で人を待たせてもらいたいんだが、かまわないか」

「どうぞどうぞ。何か召し上がりますか。醬油《しょうゆ》ならすぐにできますが」

醬油に浸して焼いた団子が浮かんだ。胃の腑《ふ》がきゅっとすぼまる。しかし、空《す》きっ腹《ぱら》に団子と思っただけで胸焼けがしてきた。

「いや、商売にならなくて申し訳ないが、今日のところはいい」

「それじゃ、茶くらい淹《い》れましょう」

店主が店の奥に引っこむと誠之進は入口の柱の陰に寄り添い、玉木屋を見た。正面の入口と街道に面した木戸のどちらも見渡せる。木戸は裏口に通じる。店主が盆に載せて運んできた湯飲みを取り、礼をいった。

一口すすって玉木屋に目を戻したとき、木戸が開き、女が顔を出した。化粧っ気はまるでなく、少々くたびれてはいるが、なかなかの美人だ。女が塀の外に出て、つづいて男が姿を見せた。こちらはぐっと若く、優男で口元が少々だらしない。小袖に袴を着けており、小さな葛籠《つづら》を小脇に抱えていた。

あれが亀太郎と夕凪か――誠之進はまた一口茶を飲んだ。

男だけが出ていき、女は中に戻ると木戸を閉めた。直後、正面の入口から懐手をした鮫次がのっそりとあらわれた。団子屋には目もくれず、目黒川にかかる橋に向かった男のあとを追うように歩きはじめた。

男に急ぐ様子《いろ》は見えず、鮫次もぶらぶらと歩いている。誠之進は湯飲みを縁台に置き、店主に礼をいって鮫次のあとを尾《つ》けはじめた。

橋を渡った男が南品川に入っていく。誠之進は足を速め、橋の中ほどで鮫次に並んだ。

「あいつが？」

「そう。亀太郎だ。送りに出たのが夕凪」

それから鮫次がこの二日の間に見たことを話しはじめた。

鮫次が入ったのは二階の中庭に面した一室という。妓と遊ぶ部屋は二階なのだが、亀太郎が流連《いつづけ》しているのは渡り廊下でつながっている離れだという。

「最初は違う部屋だったんだが、勘三に事情を話すと中庭越しに離れの見える部屋に替えてくれた。うう、痛っ」

腰に手を当て、鮫次が顔をしかめる。

「どうかしたのか」

「ほかにすることもないからな。昨日、一昨日と三つずつ、今朝も起き抜けに一つ……」

「あんたの話はいい。亀太郎だ」

「夕凪の面ぁ見たかい」

「先に出てきて、街道をうかがった女だな」

「それだ。少しばかり歳は食ってるが、なかなかだろ」

三度三度の飯は仲どんと呼ばれる男衆《おとこし》が部屋の前まで運び、夕凪が部屋に入れる。渡り廊下に面した障子が開くのは、飯が運ばれたときと亀太郎が便所や風呂に行くときだけだ。藤兵衛から聞いている話と一致する。

「亀太郎は何をやってる？」

「絵を描いているようだな。部屋中に紙が散らばっている」

二人は距離をおいて亀太郎のあとを追っていた。

「それとうちの師匠がいってたろ。萩の絵師……、何ていったっけ」

「羽様西崖」

「そう、それそれ。野郎も萩から来たそうだ。おれの敵娼《あいかた》に聞いたんだが、亀太郎が品川にやってきたのはちょうど一年前、玉木屋に泊まって、ついた妓《おんな》が夕凪だった。野郎は二十を一つふたつ出たくらいで、しかも田舎者だ。夕凪の濃《こま》やかな手練手管に一度でまいっちまったらしい。それから月に二度、三度とやってくるようになった。ときにはどこかの商家の倅らしき金づるや塾の仲間をともなうこともあったそうだ」

ちらりと後ろをふり返った鮫次が声を低くしていう。

「金づるがいっしょじゃねえときには、客が訪ねてくることもあったってよ。浪人体で薄汚い格好をした連中だ。そのうちの一人はチビ助で長剣を差してる」

「それじゃ……」

「ああ、誠さんが探している奴かもな。引き手茶屋に大小を預けるって流儀も知らねえって、おれの敵娼は文句をいってたよ。どいつも若いんだが、それだけ血の気も多くて剣呑《けんのん》な様子らしい。敵娼はそのうちの一人の相手をした。長剣のチビ助じゃねえらしいが、そやつは水戸から来たといってたそうだ」

「水戸か」

水戸徳川家は御三家の一つに数えられる親藩の代表格でありながら幕府が天皇の許可を得ず、独断専行で亜米利加《あめりか》と通商条約を結んだことを激しく批判していた。もともと国学が盛んで、天皇崇拝の思想が行き渡っている。

将軍家の継嗣問題でも水戸前藩主と、大老井伊掃部頭は激しく対立しており、遺恨は根深かった。井伊大老は大権を発し、自らが推す紀州藩主を将軍につけ、無勅許で通商条約を締結したのである。

そのとき水戸前藩主は他の有力親藩大名と連携して登城し、井伊大老を面罵した。井伊大老も黙ってはいない。ふいに登城し、政道を乱したのは大罪であるとし、登城した大名をことごとく隠居に追いこんだだけでなく、関わりのある者を次々に捕らえては獄に落とし、斬首してきた。

つまり水戸藩にとって井伊大老をはじめ、幕閣中枢にいる面々は仇以外の何者でもない。そのうちには若年寄の磐城平藩主安藤対馬守も含まれる。

南品川に入ってもとりわけ急ぐ様子を見せない亀太郎だったが、葛籠だけは相変わらず大事そうに抱えていた。辻を二つ通りすぎ、三つ目で右に曲がる。

「どこへ行くつもりかな」

鮫次がつぶやく。誠之進も首をかしげた。

「さて」

路地の両側には山門が並び、旅籠は一軒もない。人通りも絶えた。

ふいに鮫次が訊いた。

「誠さん、剣術《やっとう》の方は……」

前を見たまま、誠之進は苦笑した。

「この通り無腰だよ」

手を解き、左の腰をぽんぽんと叩くとふたたび腕組みした。

「でも、お武家だ。やるんだろ。たしなみって奴で」

山門が途切れ、亀太郎が左へ曲がって土塀の陰に姿を消した。その先は田畑が広がっているばかりである。鮫次が剣術の話を持ちだしてきたのは、いやな予感がしたからだろう。

はたして鮫次の予感は当たった。

土塀の角を曲がると恐ろしく背の高い男が道をふさぐように立ち、亀太郎がその背に隠れるようにして青い顔をのぞかせていたのである。

「お前たち、いったい何者なんだ？」

背の高い男は顔も歯も長かった。垢じみた小袖にぼろぼろの袴を着け、大刀のみを落とし差しにしている。

誠之進はだらりと下げた男の両手に注目した。手のひらが分厚く、指は節くれ立って、爪が黒く汚れている。年端もいかないころから野良仕事に明け暮れしてきた手に違いない。顔も日焼けが肌の奥深くにまで滲《にじ》み、赤銅色に底光りしている。

少なくとも武士ではなさそうだ。

男が鮫次に向かって大きな顎をしゃくった。

「その蛸坊主が亀太郎をこそこそ嗅ぎまわっているのは先刻承知だ」

「誰が蛸坊主だ」

鮫次が気色ばむ。

そのとき、亀太郎の目が動き、ほんの一瞬、鮫次の背後をうかがった。小野仁九郎の死に様を子細に検分していなければ、意味がわからなかっただろう。

誠之進は何もいわずに鮫次を突き飛ばし、さらに覆いかぶさった。

「何しや……」

怒鳴りかけた鮫次が目を見開いて絶句する。自分の背中があった辺りに白刃が突きだされているのを目の当たりにしたからだ。

背後から襲ってきたのは二人で、鮫次を突こうとした方は背が低いくせに長大な剣を手にしている小男だ。

その長剣が宙でくるりと弧を描き、振りおとされた。

「ひやぁ」

鮫次がだらしない悲鳴を上げたが、長剣は誠之進の肩口に向けられていた。

鉄《カネ》同士が衝突する甲高い音が響きわたる。

倒れながら逆手で抜いたキセル筒でかろうじて受けとめたが、またしても刃が銀細工にざっくり食いこんでいる。

小男の顔に狼狽の色が浮かぶ。

誠之進は右手に握ったキセル筒で長剣を押し戻しつつ、左手を伸ばして小男の片足を取った。小男がもんどり打ってひっくり返る間に誠之進はキセル筒をひねって長剣をもぎ取っていた。

立ちあがり、倒れた男の股間をかかとで踏みつぶす。それからもう一人——誠之進の背を突こうとした男に向きなおった。

ひどい出っ歯の男だった。

誠之進と背の低い男がもつれ合っていたために斬りつけることができなかったのだろう。誠之進と向き合い、はっとしたような顔つきになると青眼に構えた大刀を頭上に振りあげた。

鍬《くわ》でも持ちあげるような格好で剣術の心得などひとかけらもないのがわかる。

相手の懐に飛びこみながら、キセル筒の先端で鎌首を持ちあげている蛇に小指を掛け、反転させる。

「いやぁぁぁ」

出っ歯が発したのは気合いというより悲鳴に近い。

まさに刀を振りおろそうとした、その出をとらえ、左肘にキセル筒を打ちこんだ。今度こそ悲鳴を上げて出っ歯が刀を放りだし、左腕を抱えこんで両膝をつく。

目を上げたときには、背の高い男と亀太郎が田んぼの間のあぜ道を一目散に逃げていくところだった。

誠之進は出っ歯の刀を拾いあげて遠くに放ると、いまだ股間に両手をあてて悶絶している小男の長剣を拾った。

鮫次がようやく立ちあがり、尻をぱんぱん叩いて埃《ほこり》を払った。

左手で長剣の柄を握った誠之進は目の前に立て、刃を子細に眺めた。切っ先から物打ち、鍔元《つばもと》にかけて何ヵ所も傷がある。傷は刃だけでなく、鎬《しのぎ》にもついていた。稲を刈る鎌のような研ぎ方をされており、刃紋にはたくさんの擦り傷が入っている。

なるほどと誠之進は思った。

小野は背後から突かれていた。今も後ろから突いてきている。これだけ傷の入った刀では、うっかり斬りかかろうものなら折れてしまいかねない。突くよりほかに使い道はなかったのだ。

とくに鍔元から三寸ほどのところが大きく欠けていた。手の中で刀を反転させ、欠けた箇所の真上にあたる峰を狙ってキセル筒で打った。刀が簡単に折れ、刃先が地面に落ちた。

「おおっ」

鮫次が声を漏らした。

「傷が入っていた。こんな刀で斬り合ったんじゃ、命がいくつあっても足りない」

簡単に折れたわけはもう一つあった。焼き入れをする際、真っ赤になるまで熱せられた刀身は刃の方が縮んでいる。それを水に浸け、一気に冷やすことで太い峰の方が大きく縮み、刃は反りかえる。そのため鋭く、薄い刃には緊張がみなぎっている。峰を叩けば、それでなくとも大きな傷が入っているのでそこから裂ける道理だ。

いまだ悶絶している二人の男たちを見下ろして鮫次がつぶやいた。

「何者かね」

「流行りの熱病に浮かされてるんだろう」

誠之進は言い捨て、折れた刀を放り投げた。ふたたび鮫次が二人を見下ろした。

「こいつら、どうするかね。お武家なら奉行所も手を出せないぜ」

武士を取り締まるのは目付の仕事である。

「番屋にしょっぴいてもらって大丈夫だろう。おそらく二人とも水戸の逃散百姓だ」

うめきつづける二人の手も大きく、節くれ立っていた。

「いきなり誠さんに突っ転ばされたときには仰天ですよ。何しやがんでえってなもんで、ひょいと見ると大刀《だんびら》が宙を突きさしてる。誠さんが転がしてくれなかったら、危うくこっちは串刺しでさ。おれは田楽かっての。前に一人、それに亀太郎。まあ、亀の奴は員数には入らねえにしても、物騒な包丁持ってるのが……、いいですか、お師匠、ひぃ、ふぅ、みぃで三人ですよ、三人」

顔を真っ赤にして、唾を飛ばす鮫次が指を三本立てて突きだす。

腕組みしたまま、微動だにしない狂斎の視線の先には畳の上に広げられた真っ白な絹布があった。夕暮れまでには、まだしばらく間がある。障子を開けはなち、縁側越しに射しこんでくる日の光に絹布はまばゆく輝いていた。

誠之進は鮫次と並んで絹布を前に正座する狂斎のわきにいた。じっと絹布を見つめつづける狂斎には声などまるで届いていないようだ。

だが、かまわずつづける鮫次を誠之進はちらりと見やった。

「こいつらがまたそろいもそろって汚え格好だ。風下に回ったら、ありゃ、臭ったでしょうねぇ。そいつらが揃いも揃って真っ赤な顔しやがって、鼻の穴ぁふくらましてふいごみたいにひいはあ、ひいはあやってやがる」

腕をほどいた狂斎が傍らの筆をとり、硯池にたまった墨にほんのわずか筆先をひたすと、水を入れた皿に浸けた。墨がうねった輪となって広がる。それから二度、三度と筆先で円を描いた。

鮫次が相変わらず喋りつづけている。師匠がまっさらな絹布に一筆目をおこうとしているのにおかまいなしだ。誠之進はまた鮫次の横顔をうかがった。赤く染まったこめかみを一粒の汗が流れおちていた。

男たちが逃げ去ったあとは存外平気な顔をしていたものだが、今になって恐ろしさがわき上がってきたのかも知れない。まくし立てるのが止まらないようだ。

「だけど誠さんは大したもんだ。相手は抜き身ですよ、だんびらですよ。切っ先がそろって向けられてるってのに平然と進んでいく。見ているあたしの方が生きた心地がしねえってもんでさ。今にも心の臓が咽から飛びだして地べたを転げまわるんじゃねえかって、そんな心持ちで……」

だんだんと鮫次の声が大きくなっていくが、狂斎の表情はまるで変わらない。

「チビ助があたしの背中を突きさそうとしたんですがね、こっちは誠さんと重なって転がってる。奴ぁ、真っ向から撃ちこんできた。やられたって思いました。思わず目をつぶっちまった。そうしたらかっちーんってカネの音だ。恐る恐るみたら誠さんはキセル筒で受けてる。どうやったのか、あたしにはまるで見当もつきませんが、誠さんがキセル筒をひねっただけで奴の手から刀が飛んだ。あのときの誠さんと来たら……」

ちらりと誠之進を見たあと、鮫次が低い声で付け足した。

「鬼そのものでしたね」

ぎょっとしながらも誠之進は表情を変えなかった。

憤怒に駆られると自らの裡《うち》に悟《くら》い眼をした、もう一人の自分が立ちあがるのを感じる。

鮫次にはそやつが見えたのかも知れない。

「それから誠さんは野郎の股ぐら踏んづけてきゅっといわせちまった。次に二人目が襲ってきたんです」

どおりゃっと鮫次が最初の男の声を真似るのに合わせたように狂斎が畳に左手をつき、まるでためらいなく右手の筆を走らせ、下弦の弧を描いた。

「そのときには、誠さんはもう野郎の懐に飛びこんでた。そして刀を持ちあげた左の肘をキセル筒ではっしと打ったんです。あたしには誠さんはひらり、ひらりと舞っているようにしか見えませんでしたよ。決して速くはないし、ちゃかちゃかしてない。そりゃもう優美なもんでござんした」

顔を真っ赤にして、汗まみれで喋りつづける鮫次を半ば忘れ、誠之進は魅入られたように狂斎の手元を凝視していた。

自らも絵の修行をしてきただけに狂斎の筆が神速であることがわかる。だからこそ絹布に現れた細い線がかぎりなく優美であるのだ。

似ていると誠之進は思った。一刀流の極意とされる切り落としは、相手が真っ向から撃ちこんでくるところに合わせながらも先に相手を倒す。まさに後で先を制する技だが、狂斎の筆には切り落としに勝るとも劣らない神速があった。

しかし、鮫次に師匠の手並みに感心する様子はない。さらに声を張りあげる。庭の光に照らされ、飛びちる唾がきらきら光った。

狂斎が返す筆で上弦の弧を描き、さらに右へ、左へ筆を払った。ほんのわずかしか墨をふくませたように見えなかったが、かすれも途切れもせずなめらかな線が次から次へと現れる。

「肘を打たれた野郎は番太郎がやって来るまで動けませんでしたよ」

番太郎というのは、番屋にいた年寄りである。鮫次が品川宿まで走り、連れてきた。狂斎が躰を起こし、筆を硯池に浸け、次いで先ほどと同じように水を張った皿で二、三度回した。それからふたたび畳に手をつくと、左右に払った線の下に目玉を描きはじめた。

見る見るうちに目を剝いた鍾馗《しょうき》の顔が現れてくる。たしかに筆を揮っている狂斎の姿を寸時も見逃すまいと見つめているのだが、光り輝く絹布のうちから鍾馗の顔がひとりでに浮かびあがってくるようにしか見えなかった。

そして気がついた。

筆を走らせている間、狂斎は一切呼吸をしていない。

誠之進は鍾馗を食い入るように見つめていた。鮫次といえば、自分の話に夢中。一方、狂斎の筆は相変わらず迷いなく、硯、皿、絹布の上を行き来し、鍾馗の顔、首、肩を描いていく。

ようやく語り疲れたのか、ひと息入れたあと、鮫次がぼそりといった。

「そういえば、二人目の奴ぁ、出っ歯でした」

とたんに鍾馗の髭を描いていた狂斎の筆が滑り、ぴんと宙に跳ねた。

「おや、お師匠。しくじりましたね」

みょうに嬉しそうに鮫次がいう。だが、鮫次に目をくれようともせず、狂斎が絹布の四隅を押さえていた文鎮をのけると描き損じを取りはらった。

露わになった下絵を見て、誠之進は危うく声を漏らすところだった。絹であれ、紙であれ、下絵を敷き、その上からなぞるという手法を採ることは知っていた。だが、下絵はあくまでもめやすに過ぎず、これから描こうとする物の大まかな位置を記してある程度に過ぎない。

ところが、狂斎の下絵はまず木炭で幾通りもの線を描き、さらに墨でなぞり、ところどころは朱色で描き直しがしてあった。すでに気迫あふれる鍾馗の容貌《かお》がそこにある。さらに誠之進を驚かせたのは、ついさっき狂斎が描いてみせた鍾馗は下絵より目を剝き、口を大きく開いていたことだ。

黙ったまま、新たな絹布を広げ、皺を伸ばしている狂斎に向かって鮫次が両手をついて頭を下げた。

「品川騒動の一幕、お粗末様でした」

「まったくだ」

憮然《ぶぜん》としてつぶやいた狂斎の唇からも前歯が飛びだしている。お粗末なのが鮫次の話なのか、失敗した絵を指すのか……。

誠之進はうつむき、くすりと笑ってしまった。

第三話　品川有情

一

「でいでいっ、でいでいでいっ」

　銹《さ》びた声をかけながら路地を歩いていく中年男が誠之進のかたわらを通りすぎた。藍染めの前掛けに袢纏、水色の股引という格好で肩には道具箱を載せている。目の前の長屋から草履を手にした女が出てきた。

「でいでい屋さん」

「へい」

　通称でいでい屋は、下駄や草履を修理して歩くのが商売で、手入れ手入れの掛け声がでいでいと聞こえる。法禅寺裏に住みはじめた頃には何ごとかと思ったが、今ではすっかり耳に馴染んでいた。

路地にはさまざまな物売りがやって来た。朝は魚や野菜の行商、納豆売り、豆売り、昼はでいでい屋と鍋釜を修繕する鋳掛屋《いかけや》が多い。日が暮れると屋台のうどん屋が出て、真夜中には火の用心と声をかけ、拍子木を打つ見回りが町内を行く。

物売りは毎日決まった刻限にやってくるので、時を知るのに役立った。そして商品には季節が映しだされる。

誠之進のとなりには橘屋藤兵衛の若い衆——徳が歩いていた。長屋で昼寝を決めこんでいた誠之進を呼びに来たのだ。

正徳寺門前にある家に入ると、いつものように火の入っていない長火鉢を前にした藤兵衛が手を上げた。

「お呼び立てして申し訳ない。さ、上がっておくんなさい」

「はあ」

藤兵衛の前には客が座っていた。絽《ろ》の羽織を着た、上品そうな老人である。誠之進は客に一礼し、座った。客も辞儀を返す。

「誠さんはお初で？」

「ええ」

「こちらは成毛屋《なるけや》の親分さん」

口入れ稼業では主を親分と称する。成毛屋も口入れ稼業ではあったが、娼妓を専門にしており、とくに判人《はんにん》といわれた。旅籠に入る女の人柄と前借の金を保証し、証文に判をつくところから来ている。

成毛屋は歩行新宿にあり、歩行新宿のみならず本宿、南品川宿の娼妓たちを一手に引きうけていた。

誠之進はあらためて一礼した。

「司誠之進と申します。藤兵衛親分には日頃から何かとご厄介になっています」

「吉左右衛門《きちざえもん》と申します。以後、お見知りおきのほどを」

成毛屋主人が誠之進に向きなおり、畳に手をついてていねいに挨拶をした。

藤兵衛がいう。

「実はわざわざ誠さんにご足労願ったのは、成毛屋さんが夕凪の話をしに玉木屋に来られて、帰りに寄ってくだすったからですよ」

南品川の寺町で浪人者に襲われてから十日ばかりが経とうとしていた。二人までは倒したものの肝心の亀太郎と頭目らしき背の高い男は取り逃がしている。

藤兵衛が言葉を継いだ。

「実は夕凪が玉木屋を出たいといいだしまして」

「ほう、夕凪が」

誠之進は吉左右衛門を見やると穏やかな口調で訊いた。

「藤兵衛さんから聞いたんですが、夕凪だけではなく、客の亀太郎という男についてもお知りになりたいとか」

「ええ」誠之進はうなずいた。「いろいろ訳ありで、どうしても亀太郎と話をしなくちゃならないんで」

「さようでございますか。何でも亀太郎が初めて品川へやって来たのは一年ほど前、京から下ってきて江戸も初めてだといったそうにございます。頭っから爪先まで埃まみれで、そりゃみすぼらしい格好だったとか。おまけにろくに金も持っちゃいなかった。ところが、どういう風の吹き回しか夕凪が気に入りましてね」

誠之進はうなずきながら聞いていた。

「夕凪は三十をいくつか過ぎております。昔は別の旅籠で板頭を張ったほど器量がよく、今じゃそこそこ金も貯めこんでいるのでございます。そのせいか気位の高いところがござんして、これまでにも落籍《ひか》そうという話もいくつかありましたが、何が気に入らないのか、どれもこれも夕凪の方で袖にしちまいました。もともとは上州の山ん中の出、食うや食わずの百姓の娘で、ここに来たときは八つか、九つでございました。上州女は気が強いと評判ですが、中でも夕凪はとびきりだったのでございましょう。まあ、多少とうが立っていてもそこそこ客はつきますし、客あしらいもうまい。玉木屋としてはいてもらう分に不服はないのでございます。それが急に辞めるといいだしたそうで。そうなるとそれなりの手順を踏まなくてはならないもので、あたしが呼ばれました。夕凪の証文にも判をついておりますので」

「そうだったんですか。夕凪が辞めるにあたってはやはり亀太郎がからんでおりますか」

誠之進の問いに吉左右衛門の口元が歪んだ。

「そこははっきりと申しません。夕凪は上州に帰って、年老いた両親の面倒を見るといっているようですが、もう何年も音沙汰ないはずで、今さら親のことを持ちだしたのはおかしいと玉木屋の主も申しておりました」

その亀太郎でございますが、と吉左右衛門はいった。

最初に品川に来たときに玉木屋に二泊して浅草に行くといって出ていった。一見《いちげん》にもかかわらず夕凪が宿代から飯、酒の代金まですべて立て替えた上に小遣いまで持たせてやったらしい。

「どこの馬の骨ともわからない輩《やから》に、でございます。物好きにもほどがあると玉木屋の主も呆《あき》れたそうでございます。その後も浅草からやって来ては夕凪と遊んでいくのですが、そのたびに小遣いをもらっていたそうでございます。どうやら金に困ると夕凪のところへ来ていたようで」

誠之進は亀太郎のおどおどした青白い顔を思いうかべた。自分が守ってやらなくてはならないとでも夕凪は思ったのだろうか。

すっかり長っ尻をしてしまってといって吉左右衛門が帰ったあと、藤兵衛が小声で訊いてきた。

「ときに誠さん、亀太郎が萩から来たという話はお聞きですかい」

「聞いている」

「それじゃ、ショウイン先生という名をご存じで」

「いや……」誠之進は記憶をたどったが、すぐに首を振った。「聞いたこともないな」

「亀太郎は萩にあるショウインという男の私塾に入門していたらしいんですがね。酒が入ると野郎はとにかくしつこかったそうです。夕凪相手にショウイン先生がこういった、ショウイン先生がああいったてな具合に。とはいえ、所詮は宿場女郎、小難しい話なんざわかるはずがありません。それでも夕凪はいやな顔一つしなかったどころか、亀太郎に吹きこまれた話をほかの妓たちに吹聴していたようで。ところで誠さんは夕凪を見ましたか」

「一度だけ」

亀太郎を逃がすとき、裏口へつづく木戸を開けて左右をうかがった夕凪を見ている。

「板頭を張ってたくらいだからいい女だと皆はいいますが、丸顔だし、鼻は低い。決して美人じゃありません」

「たしかに流行りの顔立ちとはいえないだろうが」

　誠之進がいうのにうなずいた藤兵衛がつづける。

「夕凪は抱かれ上手なんです。品川の妓たちは一夜妻になるんです。一夜だけ、身も心も客に尽くす。吉原ほど格式張っちゃいない。吉原をこの世の極楽、別天地、桃源郷というなら品川はもう一つの自宅《うち》にござんす。妓はそこそこでも濃《こま》やかに尽くしてくれる。翌朝、朝飼をしたためたあと、玄関まで見送りに出ます。行ってらっしゃい、お帰りをお待ちしてますってな具合です。中でも夕凪は誰よりも尽くすと評判です。それが板頭にまで登りつめた理由《わけ》なんです」

　藤兵衛が目を伏せ、そっと息を吐いた。

「それでも所詮一夜妻、本物の女房になれるわけじゃない。夕凪だって生身の躰《からだ》、どうしたって歳を重ねていきます。三味線でも弾ければ、師匠になるところなんでしょうが、そんな芸もない。これから先、どうするのかというとき、亀太郎が現れた」

　さらに声を低くしてつづけた。

「亀太郎が夕凪をそそのかして店を辞めさせようとしている、目当ては夕凪の金《おあし》というのが玉木屋主人や成毛屋の親分の見立てでやすがね」

「親分は違うと？」

「逆さまじゃねえかと」

「それじゃ……」

「はい」藤兵衛がうなずく。「亀太郎を煽《あお》ったのは夕凪だろうと見ておりやす。亀太郎と夕凪は歳がひとまわりも違う。男が上ならいいが、年上は夕凪の方だ。この先、どうなるものやら……」

「それで夕凪が？」

「最後の博奕《ばくち》でござんしょう。だが、目は悪そうだ」

藤兵衛の表情は今まで目にしたこともないほど沈んでいた。

夕凪がいよいよ玉木屋を出るとなったらまた知らせて欲しいといって誠之進は橘屋を出た。

長屋に戻ると上がり框に手紙が置いてあり、指弾が一粒載せてあった。留守にしている間に父の中間をしている治平が来たようだ。

手紙は父からで、今夜茶屋で会おうとあった。


「ショウインと申すのか」

父——津坂東海は口元に運びかけた盃を止め、首をかしげた。

「酔うと妓相手にショウインの名を何度も口にしていたようで」

「いずれにしても気になるのは萩だな」

「そうですね」

盃を呷《あお》り、一気に酒を飲みほした父に誠之進は銚子を差しだした。酒を受けながら父は口元をへの字に曲げた。

長州《ちょうしゅう》毛利家はかつて西国一の大大名だったが、関ヶ原で敗れ、以降二百年余も萩の地に押しこめられ、徳川家への遺恨を抱いて文字通り臥薪嘗胆《がしんしょうたん》をつづけていると聞いていた。

長州藩が外様の雄藩なら磐城平藩は過去五代にわたって安藤家が治めてきた譜代で、しかも現藩主は若年寄の重職にある。

「だんだん絵図が見えてきたようだ」父が誠之進に目を向ける。「お前が捕らえた二人の男がいただろう」

「はい」

「千代松が奉行所に掛け合って素性を聞いた」

千代松は兄の幼名である。

「一人は茂平《もへい》、もう一人は豊治《とよじ》といって、どちらも水戸から逃げてきた百姓だった」

「やはりそうでしたか」

亀太郎を見張るため、玉木屋に流連《いつづけ》した鮫次が敵娼《あいかた》から聞いた話と一致する。敵娼は浪人のうち一人の相手をしたそうで水戸から来たといった。

「背の低いのが茂平ですか、それとも豊治？」

「そこまではわからん。それに二人ともとっくに鈴ヶ森《すずがもり》に送られた」

鈴ヶ森は品川から南へ下っていき、大井を越え、川を渡った先にある。刑場があり、鈴ヶ森に送られたとは二人がすでに斬首されたことを意味する。川の名は立会川《たちあいがわ》。刑場に引かれていく罪人と家族が最後の別れをする場所だ。

「もう一人……、亀太郎といっしょに逃げたのがいるだろう。喜八《きはち》というそうだ。三人の中では頭領格だが、やはり逃散百姓だ」

喜八というのか——誠之進は長い顔を思いうかべた。

「ところで、亀太郎のことだがな」

「はい」

「昨秋、わが藩の上屋敷で襖絵《ふすまえ》を改修した。請け負ったのは狩野派の絵師で永信《えいしん》という。弟子を何人も連れてきて手伝わせたが、その中に亀太郎という者がいたかどうかまではわからない」

「それでは鮫次に訊いてみましょう」

「何者だ？」

「絵師の河鍋狂斎師のところに出入りしている者で、下谷にある曹洞宗の寺を改修するときに手伝いに行って亀太郎を見かけたと申しておりました。請け負ったのが永信であれば、亀太郎にも結びつきます」

「狂斎ねえ」

父が渋い顔になる。元は狩野派で修行しながら今は町絵師であり、狂画で名を売った。政道を揶揄《やゆ》することが多い狂画の描き手となると幕府にとってはあまり好ましい人物とはいえない。

「絵の方は相当なものらしいが……、狂斎にも会ったのか」

「はい。二度ほど」

「絵を描くところを見たか」

「二度目のときにちょうど描かれておりました」

「ほう」

父がにやりとする。父も絵は嫌いではなく、誠之進が狩野派の傍流で修行することを許したのだ。

「それは見事で。先生の筆遣いはまさに切り落としの神髄を見る心地がいたしました」

父と誠之進を結ぶ強い絆《きずな》の一つが唯心一刀流である。

切り落としは一刀流の極意中の極意であり、唯心一刀流においても神髄であることに変わりはない。

「絵であれ、剣であれ、達人ともなると相通じるものがあるようだな」

詩歌、絵画にも造詣が深く、自らも筆を揮う父は、幼少から誠之進の絵心を認め、画塾に通うことを許した。

「さて、亀太郎だが、どうする?」

「妓がまだ玉木屋におります。どうやら亀太郎は妓の金をあてにしているようで」

「妓を見張るか」

「それが唯一の方法かと」

「そうだな」

盃を置き、懐に手を入れた父が巾着を取りだした。

「ほら、軍資金だ。あと五両渡しておこう」

「はっ」

誠之進は頭を下げ、両手で巾着を受けとった。

二

純白の絹布を前に端座し、瞑目《めいもく》する河鍋狂斎、すぐ後ろでいつになく神妙な顔つきをした鮫次が乳鉢を左手で押さえ、乳棒を動かしている。

おかしなことになったと誠之進は思った。

鮫次の住処を訊ねようと思って狂斎の画塾に来ると、ちょうど来ているところだと下働きの若い女にいわれた。いったん奥へ引っこんだ女がふたたびやって来て、お上がりくださいという。

案内されたのはいつもの座敷で、そこに狂斎と鮫次がいた。女が何もいわずに座布団を指したので誠之進も無言のまま一礼し、座布団を外して正座をした。

まさか狂斎が絵を描いている真っ最中だとは思わなかった。

かさかさ、かさかさ……。

部屋には乳鉢と乳棒がこすれるかすかな音だけが聞こえている。

鮫次が丹念にすりつぶしているのは焼いて砕いた貝殻のようだ。破片が消えうせ、不用意に息をすれば舞いあがるほど微細な粉にしたあと、乳鉢四分の一ほどの粉に礬水《どうさ》を数滴垂らす。

礬水は少量の膠《にかわ》を溶いた水を煮立てて漉《こ》し、ふたたび沸騰させてひとつまみミョウバンを加えたものだ。礬水で湿らせた貝殻の粉を指で混ぜ、糊状《のりじょう》になったものをさらに煮詰め、団子ができるまでこねつづける。団子にしてからも何度も乳鉢に叩きつけ、こねるのをくり返した。

鮫次を訪ねたのは狩野永信について訊きたかったからだ。鮫次が下谷の寺の修復に行ったときに亀太郎を目撃している。

昨夜、父から聞いたところによれば、永信は磐城平藩上屋敷の修復も請け負っている。そのときにも亀太郎が呼ばれ、藩主《との》を間近から見ているはずだ。どれほど腕のいい絵師であっても見ていないものをそっくりに描けはしない。

それにもう一つ、鮫次に頼みがあった。また玉木屋に流連《いつづけ》してもらいたいのだ。まだ夕凪は玉木屋にいるのだが、いやでも目につく鮫次がいれば、逃げだす算段を急ぐのではないかと考えている。いわば揺さぶりをかけるわけだ。

団子の表面をそっと押しても元に戻るほどのしなやかさが出たところで、鮫次が団子を入れた乳鉢を狂斎の前に置いた。

団子をつまみ上げた狂斎は鼻先に持ってきて子細に観察し、指で挟んで弾力を確かめてから金属製の器に入れ、団子が半分浸かる程度の水を差した。器を火鉢にかける。やがて湯気が立ちのぼり、団子は二つに割れたのち、ぐずぐずに崩れて水に沈んだ。

朝からよく晴れて暑かった。いつものように縁側に面する障子が開けはなたれ、熱気をはらんだ風がゆるやかに吹きこんでいた。そこに火鉢である。流れる玉の汗を拭おうともせず、狂斎が取り憑かれたような目で器を見つめている。団子がすっかり溶けると乳棒で掻き混ぜた。

どろどろした液体がふつふつ沸いたところで火鉢から下ろし、冷めるのを待った。

庭では無数とも思える蟬《せみ》が競い合うように鳴いている。甲高く、強烈な音は絡まり合い、錐《きり》となって誠之進の耳から侵入し、身のうちに満ちていくようだった。

冷めた溶液を皿に取りわけ、狂斎がわずかばかりの丹をくわえると濁りのない白がほんのり桜色に染まる。目を細め、色合いを見極めた狂斎はあらためて絹布に向かった。不思議なことに絹布には何も描かれていない。

幅三寸ほどの刷毛《はけ》を取りあげ、ゆっくりと桜色の溶液に浸す。いくどかひっくり返し、皿の縁で余分を落とした狂斎が絵の脇に左手をつき、刷毛を顔の横に持ちあげた。

誠之進は呼吸すら忘れて見つめている。

狂斎のぎょろ目が素早く、そして細かく動き、止まった。呼吸に乱れはなく、静かなままだ。迷いなく刷毛を下ろしたかと思うと絹布の一部をていねいに塗った。それだけで刷毛を置き、背筋を伸ばして絹布を見下ろしている。

溶液が乾くのを待って絹布をひっくり返した。

誠之進は息をのんだ。

そこには観世音菩薩《かんぜおんぼさつ》が線描されており、狂斎が彩色したのは裏からなのだ。目の下が盛りあがり、口元にかすかな笑みを浮かべている菩薩から誠之進は目を離せなくなった。どことなく夕凪に似ている。

ふたたび絹布を裏返しに置いた狂斎が菩薩の手や躰を彩色していく。誠之進は息を詰め、引きこまれるように見つめていた。

狂斎が刷毛を置き、絹布を眺めわたしたときには、日が傾いて庭にうっすら夕闇が立ちこめていた。ふっと息を吐き、初めて誠之進に目を向けていった。

「酒にしよう」

有無をいわせない調子である。

鮫次が立ちあがり、座敷を出て行った。


「あれはわしが九つのときだ」

脇息に左の肘を載せ、右手には湯飲み茶碗を持った狂斎がいった。鮫次がうつむき、ひっそりと苦笑を漏らす。どのような話が始まるのか、わかっているようだ。

酒宴は絵の道具を広げたまま、座敷の一角ではじまった。鮫次が運んできたのは大徳利に湯飲みが三つ、その後下働きの女が膳を二つ持ってきたが、載っているのは菜っ葉の香《こう》の物を盛った皿だけであった。膳は狂斎と誠之進の前に置かれた。

「親父が定火消同心になったんで、お茶の水の火消長屋をあてがわれて、そこに住んでいた。梅雨時に大雨が来て、近くの川が氾濫《はんらん》してね。わしは逆巻く川の様子を見たくなって出かけた」

狂斎が湯飲みを呷り、空にする。すかさず鮫次が大徳利を差しだす。酒を受けながら狂斎がつづける。

「渦が渦を巻きこみ、いくつも重なってわずかの間も同じ姿をしていない。音も凄まじかった。どろどろどろってな具合で腹に響いた。夢中になって川岸を歩いたもんだ。そのうち岸の近くに澱《よど》んでいるところがあった。そこにぷかぷか浮いてたんだよ」

身を乗りだし、誠之進の目をのぞきこんでくる。

「何だと思う？」

「さあ」

首をかしげる。いかにも嬉しそうに前歯をにゅっと出した狂斎を見て、鮫次が天井を仰いだ。

「蓑亀《みのがめ》だ」

亀は長寿の象徴であり、とりわけ長く生きた亀は老人の髭のように甲羅から長い毛が生えているといわれる。これを蓑亀と称し、吉祥の画題とされていた。

「まことですか」

驚いて訊きかえす。狂斎がますます嬉しそうに歯を剝いた。顔を伏せた鮫次が両手に持った湯飲みをもてあそんでいる。

「まさに千載一遇と思ってな、着物が濡れるのもかまわず近寄った。幸いそこは水が膝ぐらいまでしかなかったから足を取られずに済んだ。水の中に漂うもじゃもじゃの毛をむんずとつかんで引きあげた」

ぐびりと酒を飲んでからぼそりといった。

「生首だった」

「な……」

「上流から流されているうちにどういう加減かはわからんが、首だけちぎれたんだろう。恨めしそうに白目を剝いて、口を開けていた。乱ぐい歯の間から泥水がだらだら流れだして、思わず尻餅をつきそうになったよ。あわてて捨てようとしたんだが、ちょっと待てよと思った。その頃はまだ人の生首など見たこともなかったし、なかなか見られるものじゃない。わしはうちに持ち帰ることにしたんだ」

「何故《なにゆえ》……」

狂斎が眉を上げ、ぎょろ目をさらに大きく開いてみせた。

「今なら小塚《こづかっぱら》原でも鈴ヶ森でも生首なんぞいくらでも見られる。しかし、そのときはまだ九歳、生首を子細に眺めながら描き写すなどそうそうできることじゃない」

小塚原と鈴ヶ森には刑場があり、罪状によっては首がさらされることがある。

「あ、いや……、たしかにそうですが」

鮫次がずっとうつむいていたわけがわかった。おそらく何度も同じ話を聞かされているに違いない。

「親に見つかれば、捨ててこいといわれるのがわかっていたから隠した。何日もかけてじっくり絵にするつもりだったからな。納戸の奥に上手に隠したつもりだった。しかし、もう腐りはじめていた。とにかく臭いがひどくて、すぐに見つかってしまった。こっぴどく叱られたあと、翌朝明るくなったら元の場所に捨ててこいといわれた」

当たり前だろう。

言いつけ通り翌朝川べりに持ってきたものの、そのまま捨てるにはいかにも惜しい。画帖を持っていき、急いで七、八枚描いたあと、川に流し、合掌したという。

画塾を辞したときには日は暮れていた。酒が入るほどに早口にまくしたてる狂斎の話を誠之進は半ば呆然と聞いていた。

鮫次がいっしょに出てきた。

「すごい話だった」

誠之進はつぶやいた。

「生首の話なんざ何十回聞かされたか。酒が入って、新しい客が来るといつもあれだ」

「しかし、まだ子供だったろうに」

「本当か嘘か、わからんよ」

「えっ？」

「お師匠は酒が入ると話を作るからなぁ。おれは何度も聞いているからわかるんだけど、話せば話すほど生首の様子が細かくなっている。時間が経つほどに忘れていくならともかく詳しくなっていくのはどう考えてもおかしい」

　首をかしげて、鮫次が言葉を継ぐ。

「ただ、お師匠はいつも見たままに、あるがままに写せというんだ。そのためには一にも二にもじっと見ることが肝心だといってね。庭に鶏が放し飼いになってて、猫が狙ってるのもそのせいだ。猫が草の間から鼻先だけ出して鶏を狙っていると、あのぎょろ目をひんむいて睨んでるよ。それからやおらさっさと描いていく。あるがままに写せなんてお師匠は簡単にいってくれるし、やってのけるけど、できるもんじゃない。その上でいうんだぜ。できない奴にはなぜできるのかが不思議、できる者には他人になぜできないのかがわからない。そんなものだって」

　できそこないの禅問答のようだが、狂斎のいっていることは剣に置き換えると何となく理解できる。絵でないところが少々情けなかった。

「お師匠は狩野派の修行をしたんだが、一門の誰をも毛嫌いしてる。さすがに自分の師匠は別格扱いだったらしいけどね」

「どうして？」

「古い絵の模写ばかりしていて、型にはまった技法をありがたがっている連中で目の前にある庭の木一本すらおのれの目で見ようとしないからだ」

「それが狩野派を飛びだした理由か」

「だけど、おれはお師匠のいうことの方が無茶だと思ってる」

「ほう」

「お師匠はおのれの型を持ってなさるが、ほかの連中にはない。だから真似をするより仕方ないだろ……って、絵師でもないおれがいえた義理じゃねえが」

傍目八目《おかめはちもく》ということがある。自ら絵筆を執《と》らないからこそ、うまく描きたいという我執にとらわれず、狂斎の所作を見つめ、言葉に耳をかたむけられる。

「いや、あんたは立派なお弟子だよ」

「立派ってこたぁねえ」鮫次が笑った。「これでも昔はいっぱしの絵師になれるなんて自惚れてたもんだが、師匠の絵を見せられた日にゃとてもやれねえと思ったよ」

鮫次が誠之進に目を向けた。

「ところで、一つ、訊いてもいいかい」

「何だよ、あらたまって」

「誠さんは何だって絵師になんぞなろうとしたんだ？　この間も真剣《だんびら》相手にキセル筒でいなしたろ。相当な腕だと思うんだが」

誠之進は帯に差したキセル筒を抜くと差しだした。受けとった鮫次が眉根を寄せる。

「何だよ、馬鹿に重てえじゃねえか」

「キセル筒の形をしてるだけで、芯は鋼の無垢棒だ。行きつけにしてる研ぎ師の倅が銀細工の職人になってて、それで作ってくれた」

「へえ」鮫次が蛇の彫刻が施された部分を握って一度、二度と振った。「こんなもんでぶっ叩かれたんじゃかなわねえな」

「おれは書を読むのが苦手でね。かび臭いのにも閉口したが、何より部屋の中でじっとしているのに我慢できなかった。幸い父が剣術好きで、剣術の稽古をしてるかぎり叱られずに済んだ。兄がいるから跡継ぎの心配もなかったし。おかげでおれは……」

「隠密をやってるわけか」

ぎょっとして鮫次を見た。

「いやだなぁ、どう見たって誠さんがやってることは隠密だよ」

いわれてみれば、たしかにそうかも知れない。鮫次にいわれるまで思いもしなかったが、身分を偽り、父、兄を通じて藩主、つまりは幕府の重鎮若年寄の命令を受け、不逞の輩を追っているのだ。

「そうかも知れないなぁ」

「おいおい。隠密があっさり隠密でございと認めちまってどうするよ」

苦笑した鮫次がキセル筒を返していった。

「ところで、おれを訪ねてきたんだろ」

キセル筒を受けとり、帯に差す。

「鮫さんに頼みたいことがあってね」

「何だい？」

「また玉木屋で流連してほしい」

鮫次が手を打った。

「よし。おれもあの妓に裏を返したいと思ってたところなんだ。だけど先立つものがご不幸で、どう算段しようか思案に暮れてたところさ。渡りに舟とはこのことだな。いいよ、他ならぬ誠さんの頼みだ。断るわけにはいかねえじゃねえか」

鮫次が破顔する。

「調子がいいな、まったく。それともう一つ訊きたい。下谷の曹洞宗の寺を改修したときなんだが……」

「亀太郎を見かけた、あのときかい」

「そう。絵師は狩野派の永信だったか」

「そうだよ。腕がよくて、いろんな意味でお高くない。狩野派の名もあるしな。あっちこっちで仕事をしてる。それがどうかしたのか」

「いや……」

誠之進は鮫次を見上げた。ためらいは一瞬でしかなかった。

「実は私は磐城平藩の……」
おれから私に変わったことが自分でもおかしかった。

十三代将軍徳川家定《いえさだ》はかねてより病弱で人前に出ることを極端に嫌い、在職中から世継ぎ問題が取り沙汰されていた。後継候補は早いうちから紀州藩主の徳川慶福《よしとみ》、御三《ごさん》卿《きょう》のひとつ一橋家当主慶喜《よしのぶ》の二人に絞られていたのだが、二人であったがゆえに幕閣が真っ二つに分かれて激しく争った。だが、家定の意向もあり、昨年慶福が十四代を嗣《つ》ぎ、名を家茂《いえもち》と改めている。

事態を収拾するため、十数年ぶりに大老が置かれ、井伊掃部頭が就任したのも昨年──安政五年のことである。

「わが殿におかれては掃部頭のおぼえがめでたくてね。今は若年寄だ」

さすがに老中に抜擢されるという話は鮫次に明かすわけにはいかない。

「それじゃ誠さんは本物の公儀隠密なんだ」

「そんなんじゃないよ。おれは親父にいわれて品川でぶらぶらしてるだけさ。そこへ亀太郎が飛びこんできた」

神田から芝まで舟に乗っている間は話をしなかったが、街道を歩きはじめたところで再開していた。

腕組みした鮫次がうなずく。

「品川宿には剣呑な連中がたくさん入ってるからな。でも、将軍様は決まったんだろ」

「遺恨てのは根の深いできものみたいなもんでね。表面は元通りでも一皮めくれば、じくじく、今も熱をもってるんだろう」

「そうだよなぁ」鮫次が吐きすてる。「まったくあの野郎が来てからこっち、ろくなことがない」

あの野郎とは六年前、浦賀にやって来たペルリを指す。二年つづけてやって来て、黒船をもって御公儀をさんざん脅しつけて去った直後、コレラが大流行し、さらに翌年には江戸を大地震が襲った。どちらも万を超す死人が出ている。

だが、騒動はまだつづくような気がして、誠之進は胸騒ぎをおぼえていた。それも今まで起こったことのない、とてつもない大きな騒動が……。

「それじゃ、これを」

誠之進は懐から二枚の小判を取りだし、鮫次に渡した。

「引き手茶屋には一人で行ってくれ」

「合点」小判を握った手を袖の内側へ引っこめた鮫次が訊いた。「夕凪はまだ玉木屋にいるんだね？」

「たぶん」

「それじゃ、また敵娼《あいかた》に様子を訊くことにしよう」

「夕凪のことばかり訊いて怪しまれないか」

誠之進が訊くと鮫次はにやりとした。

「敵娼にはいってあるんだ。昔、夕凪と遊んだことがあるって。でも、違う旅籠でのことだし、今はお前にぞっこんだってね。まあ、今の敵娼も悪くはないんだ」

にやける鮫次を見ながら誠之進はみょうなところに感心していた。

鼻の下ってのは本当に伸びるもんなんだ……。

三

長屋の障子戸が開く気配で誠之進はぱっと目を開き、夜具の上で躰を起こした。まだ夜が明けたばかりでうす暗く、戸口に立つ影が見えるばかりだが、禿げ頭の大男――鮫次だとわかった。

「今、出る」

「おう」

鮫次が低く答えた。誠之進は枕元に置いてあったキセル筒を取って帯に差し、三和土に降りた。雪駄をつっかけ、後ろ手に戸を閉めると鮫次と並んで歩きだした。

「夕凪が動いたか」

誠之進の問いに鮫次が無言でうなずく。重ねて訊いた。

「敵娼が見つけた？」

「いや、小女《こおんな》だ」

下働きをしながら躾《しつ》けられている若い娘のことだ。うながすように鮫次を見やる。

「前に流連したときから小遣いをやってた。どうしたって四六時中見張ってるわけにはいかねえからな。こっちは昨日の今日で朝寝を決めこんでた」

鮫次の息にはまだ濃密に酒の臭いが混じっている。咎《とが》めるような誠之進の視線に決まり悪そうにうなずく。

「飲みだすと止まらない。悪い癖だ」

玉木屋の前まで来ると若い娘が足踏みをしていた。鮫次と誠之進を見ると南品川につづく橋に向かって歩きだした。

うす暗いのは夜が明けたばかりではなく、どんよりと曇っているせいでもあった。誠之進は目の前でくるくる動く下働きの女の下駄を見ていた。

「出がけにたっぷり水を飲んできたんだが、まだ胃の腑が落ちつかねえ」

ぶつぶついい、おくびを漏らした鮫次が顎をしゃくった。

「今朝、あの娘《こ》が部屋に来てな。最初は襖を閉めたまま、声をかけたらしい。こっちは妓にもつれてすっかり眠りこんでた。それで部屋に入ってきて、おれを揺すって、逃げだしたとだけいった。妓がいっしょだったから夕凪の名前を出さなかったんだろう」

娼妓は籠の鳥が定法ではある。しかし、夕凪はすでに前借もなく、いつでも出て行ける身の上だが、客の大半が眠りこけている夜明けに黙って出るのはおかしい。

「それで夕凪のあとを尾《つ》け、行き先を確かめてから急いで戻ってきたって。案内するというからあの娘を待たせておいて、誠さんを呼びに来た」

先日、亀太郎を追って渡った橋が近づいてきた。先を行く娘の足は思いのほか速く、ひどい宿酔《ふつかよ》いらしい鮫次の顔は汗でべっとり濡れている。

橋を渡れば、向こうは南品川、さらに先へ行けば、浪人者が待ちかまえていた寺町の入口に達する。娘が夕凪の行き先を確かめて戻ってきたのであれば、それほど遠くではないと察しはつく。

案の定、橋を渡ってすぐ左を指した。

「こちらでございます」

「うん」

うなずいたものの鮫次の足は止まった。両腕を懐に入れ、左に目をやっている。

川の両岸には漁師たちの小舟がびっしりともやってあった。橋を渡って左は大きな砂州が延々と張りだしていて、先には御台場、突端には弁財天が祀られていた。砂州には漁師たちの住処が建ちならび、その向こうは浜になっている。

鮫次が娘を見た。

「ご苦労だったな。お前《めえ》はこっから帰《けえ》れ」

「えっ？」

「この間もちょっとした揉め事があってな。夕凪がどんな連中といっしょにいるかわかったもんじゃねえ。怪我をしたんじゃ、つまらねえよ」

袖から出した手に二朱金をつまんでいた。娘が目を見開く。二朱あれば、登楼し、飲んで食って妓と一夜をともにできるのだ。

「で、夕凪が逃げこんだって舟はどれだ？」

娘がますます大きく目を見開き、鮫次を見た。舟だとひと言もいっていないのだろう。

鮫次はにやりとした。

「おれは漁師の倅だ。漁師の住処がどんな案配かは知ってる。他人様《よそさん》に入られるのをいやがるのは、ここらも変わるめえ。夕凪が身を隠すとすりゃ舟よ」

娘の手をつかんだ鮫次が無理矢理金貨を握らせた。

「さ、どいつだ」

「鳥海橋を越えて、すぐ先につないである舟です」

娘はうつむき、ぼそぼそと答えた。

何のことはない鳥海橋を渡って、歩行新宿に戻ると大戸屋である。

「すまなかったな。さあ、宿へ戻んな。いいか、今朝のことやおれのことは誰にもいうんじゃねえぞ。どんな騒ぎになっても知らん顔してろ。関わりあっちゃ、何かと面倒だ」

「あい」

またしても消え入りそうな声で返事をした娘だったが、その場を動こうとしない。

「さっさと行かねえかい」

鮫次が声を張ると娘はようやくきびすを返し、来た道を引き返していった。

誠之進は砂州を見やって訊いた。

「罠《わな》かね？」

「おそらくな」鮫次はまわりを見まわした。「あの娘は夕凪といっしょに宿を出て、舟を教えられたんだろう。それでおれを連れてくるようにいわれた。夕凪のあとを尾けて舟に潜りこんだのを確かめて戻ってきたなんて出来すぎた話だよ」

「そうだな」

鮫次が誠之進を見てにやにやしている。

「夕凪というか、夕凪にからみついてる連中をあぶり出すのにおれを玉木屋へ送りこんだんだろ。誠さんの思惑通りだ」

何もいわずに目を向けると、鮫次が渋い顔になる。

「今朝じゃなくてもいいだろうに。勘定は誠さん持ちなんだから、どうせなら二晩か三晩は流連《いつづけ》たかったぜ」

「さっき娘にいってたが、夕凪がどんな輩といっしょにいるかわからん。鮫さんも怪我をしてはつまら……」

だが、誠之進の顔の前に鮫次が手のひらを立てた。

「あんた、どの舟に夕凪が隠れているか見当がついてるかい」

「いや、しかし……」

「おれは橋を渡るときからどの舟か目星はつけてた」

まじまじと見返すと鮫次が沖合の空に目をやった。

「見なよ。黒い雲が渦巻いてるだろ。漁場は荒れてるはずだ」

誠之進も沖に目を向けた。

「たしかに。さすが漁師の子だ」

鮫次が首を振る。

「どんな間抜けでもわかる。それに漁になるんならここらの舟はとっくに出払ってるはずだ。だけどどの舟もつながれたまんま、砂州には人っ子一人いねえ。人がいるのは、あれだけだ」

出漁の仕度に取りかかっている舟が一艘《いっそう》だけあった。娘がいったように鳥海橋のすぐ先にもやってある。

「我らを待ちかまえているだろう」誠之進は首をかしげた。「しかし、こんな狭いところに逃げこんだんじゃ、どこへも行きようがないだろうに。もし、我々が助っ人でも連れてきたら……」

鮫次がにやりとする。

「いかにも陸《おか》のお人が考えそうなこった。逆さまだよ。海はどこへでもつながってる。その気になりゃ異国にまで行ける」

「こんな小さな舟で？」

「腕のいい海人《あま》ならね。だけど、奴らは湊に出るだけだろう。夕凪は廻船に乗り移るつもりに違えねえ。亀太郎もおそらくいっしょだろうな。三日もありゃ、大坂だ。それに……」

誠之進が腰に差しているキセル筒に鮫次が目をくれる。誠之進はうなずいた。

「奴らにしてみれば、我らの正体をたしかめずにはいられない」

「意趣返しもあるだろ。この間は手ひどくやっつけてやったからな」

まるで自分がしたようにいった鮫次があらためて誠之進を見た。

「ところで、ここから先は誠さん一人で行ってくんな。おれは海辺の方を行って、御台場から回りこむ。奴らの裏ぁかけるんじゃねえかと踏んでるんだ」

狭い砂州を挟んで品川湊になっている。

誠之進はうなずいた。

「あいわかった」


湿った砂を踏みしめ、誠之進は砂州の中央を堂々と歩いていた。手ぐすね引いて待ち伏せている者があれば、自らに目を引きよせ、少しでも鮫次が動きやすいようにしなくてはならない。

左には舳先《へさき》を砂地に上げ、杭《くい》にしっかりつながれた舟がびっしり並んでいる。鮫次が教えてくれた沖合の雲は急速に広がってきて、すでに頭上を覆っている。今にも雨が降りだしそうに辺りは暗く、風はひやりと冷たかった。

鳥海橋まで来た。太鼓になった橋の下をのぞきこんで人影がないことを確かめ、たもとまで行く。歩行新宿に目をやると大戸屋が見え、さらにいくつもの旅籠の屋根が並んでいた。

この間襲ってきた男たちは水戸の逃散百姓だという。すでに二人は斬首されていた。残るは一人——喜八という名とともに長い顔を思いだした。

逃げてきているのは百姓ばかりではない。

品川宿のあちらこちらで寄るとさわると御公儀はけしからん、なぜに神州を跋扈し、穢《けが》している異人どもを斬り捨て、武士の本分を見せつけてやらないのかと、酒に酔い、泡を飛ばして怒鳴りまくっている輩は、いずれ国許ではどうにも暮らしていけず、江戸なら何とかなるだろうとやって来た武家の次、三男どもだ。中には嫡男さえ混じっているという。

諸藩の御勝手方は逼迫《ひっぱく》し、藩庫は空っぽ、大坂、江戸の大商人に莫大な借金をして身動きならない状態に追いこまれている。

誠之進にはわかる。

何のことはない、磐城平藩とて事情は変わらないからだ。江戸藩邸に生まれ、いまだかつて一度も国許に足を踏みいれたことはなかったが、窮状は子供の頃から聞かされていた。とくにペルリがやって来て以来、徳川二百年余の伝統も秩序もあったものではなく、上を下への大騒ぎをしている。

誰も彼も攘夷《じょうい》を夢見ているわけではない。飢えにさいなまれ、空きっ腹をかかえて追われてきたに過ぎない。飢餓ほど恐ろしいものはなかった。胃の腑が空というだけで人は何も考えられなくなり、簡単に獣になる。

長刀を落とし差しにし、いっぱしの武士を気取っている連中には逃散百姓が多かった。では、漁師はどうか。鮫次にしたところで、口減らしのために自ら江戸へ出てきて、狂斎のところに出入りしているのではないか。

思いをふり払い、橋を降りてふたたび岸を歩きだした。最初の雨がぽつりと来たかと思うと、またたく間に視界が煙るほど強くなる。足元の砂が濡れ、雪駄にまとわりついたが、誠之進は歩調を変えずに歩きつづけた。

鮫次のいっていた舟が近づいてくる。たしかにほかに人影はなかったが、そこにだけ二人の男がいて、帆柱や帆桁をしばりつけてあった綱を解き、舟を出す仕度をしていた。一人は中年で、もう一人はぐっと若い。子供といってもいい年回りからすると親子かも知れない。袖無しを羽織って腹に荒縄を巻いており、その下は下帯を締めているだけの裸であった。

あと数歩というところまで近づいたとき、舟の陰から女が立ちあがった。

夕凪――。

誠之進の前に立ちふさがった。全身ずぶ濡れで、ほつれた髪がこめかみに張りついていた。戸惑いがはっきり顔に表れている。

「あんた、誰？」

誠之進は夕凪の顔を見ているが、夕凪は誠之進を知らない。

「誰でもよかろう。亀太郎に二、三訊きたいことがあるだけだ」

夕凪が顔を強ばらせた。

「あの子はどうしたのさ」

下働きの娘だろうと察しがついた。

「怪我をさせてもつまらんからな。帰したよ」

「片割れはどうしたんだよ。あの助平そうな、蛸入道は」

誰の目にも蛸と映るようだ。それにだらしない口元がどことなく助平そうではある。

「お前が逃げたと報《しら》せてくれた。女一人を追うのに大の男が二人がかりでもあるまい。それでおれが来たんだ」

そのとき、夕凪の目が素早く動いた。

誠之進は地を蹴り、横に跳んだ。だが、濡れた砂で雪駄が滑り、ぶざまに転んでしまう。直後、後ろでぱんと乾いた音がした。

濡れた砂に足をとられたことが幸いしたが、それでも風を切る弾丸が誠之進の頭をかすめていったのはわかった。

倒れこみながら誠之進は砂をつかんで転がり、後ろを見た。

昨日、刃を交えることなく逃げだした喜八が立ち、白煙を立ちのぼらせる短筒を突きだしている。おそらくは連発式の最新型で、雨に濡れても撃てるのであろう。

南無八幡大菩薩《なむはちまんだいぼさつ》……。

腹の底でつぶやき、目つぶしのつもりで砂を喜八の顔目がけて放りながら身を起こす。

喜八が顔の前に両手を出し、砂を防ごうとした。胴ががら空きになる。

やはり剣の心得はない。

誠之進は跳び、ひと息に間を詰めると喜八が落とし差しにしている大刀の柄を右手でつかんだ。

喜八が目玉がこぼれ落ちそうになるほどまぶたを開き、誠之進を見る。口の中に黒い砂が見えた。

誠之進は喜八の大刀を逆手で抜きつつ、半歩踏みだすと相手の躰に押しつけるように引きあげた。切っ先が肩口へ抜け、天を指し、強い雨にもかかわらず血煙が舞いあがった。

目を剝いたまま、喜八が後ろ向きに倒れていく。濡れた砂にどうと横たわったときにはすでに絶命していた。

誠之進はふり返った。

逃げだしていく漁師父子を捨ておき、誠之進は夕凪に駆けよった。かたわらに片膝をつく。

仰向けに倒れた夕凪の胸は血で染まり、反対に顔は真っ白になっていたが、まだ息はあった。だが、浅く、弱々しい。

濡れた砂で雪駄が滑り、その場に倒れたのが誠之進には幸いし、夕凪には災いとなった。喜八が誠之進の背に向けていた短筒から放たれた弾丸が夕凪を貫いた。

「誠さん」

声をかけられ、顔を上げた。舟の上に立った鮫次が葛籠《つづら》を差しあげている。

「亀の野郎が大事に抱えていたもんだ」

先日、玉木屋を出るときに亀太郎が持っていたのを思いだす。喜八の後ろに隠れているときもしっかり胸に抱いていた。

次いで鮫次が顔を上げ、顎をしゃくった。

「あれ」

目をやると御台場の門が開かれ、六尺棒を手にした兵がばらばらと飛びだしてくるのが見えた。そのあとに笠を被った羽織姿の与力が白刃を抜いてつづいている。御台場の守備についているのがどこの藩かは知らなかったが、誠之進としては身柄を拘束されるわけにはいかない。

鮫次に顔を向けた。

「亀太郎は？」

鮫次が顔をしかめた。

「面目ねえ。逃げられちまった」

鮫次が顔を歪めて吐きすてる。誠之進は夕凪に目を向けた。

「まだ息がある。捨て置くわけにはいかない」

音高く舌打ちした鮫次だったが、葛籠を放りだすと舟から飛びおりていった。

「舟に乗せよう。浅草まで行けば、見知った医者がいる」

「お前、舟を……」

いいかけて思いだした。鮫次は漁師の息子なのだ。

二人がかりで夕凪を抱えあげ、舟に横たえた。

「舫い綱を切って」

鮫次にいわれ、誠之進は血刀を振るって杭と舟をつないでいる綱を切った。刀をその場に捨て、鮫次とともに舳先を押しだした。先に鮫次が乗りこみ、艫《とも》へ駆けていくと長い櫂《かい》を持った。誠之進も舟に這いあがる。櫂で川底を突き、舟の向きを変えた鮫次が川の流れに乗せる。

雨がさらに強くなり、駆けよってくる御台場の兵たちの姿が滲んだ。

舟はゆっくりと海へ出ていった。

四

白い帷《とばり》と見まごうほどに雨が強かったのはひとときでしかなく、舟が目黒川の河口を出る頃には小やみとなった。だが、海はうねりを増し、片膝をついた誠之進は舟縁をしっかりつかんでいなくてはならなかった。

仰向けに寝かせた夕凪の躰も舟に合わせて揺れている。顔は血の気が失せ、唇まで白くなっていたが、まだ息はあった。

艫に立つ鮫次が両膝でうねりを殺し、櫓を使いながら台場の方を透かし見ていた。

「どうやらここまでは追っかけてこないようだ」

「大したもんだ」

感心していうと、鮫次が顔を向けた。

「何？」

「こんなに揺れてるのにちゃんと立って、びくともしない」

「門前の小僧かな、やっぱり。ガキの頃から親父の舟には乗ってたから」鮫次が夕凪に目を向ける。「まだ息を吹きかえさねえな」

「ああ」

三人とも頭の天辺から足の先までずぶ濡れだ。誠之進は鮫次を見上げた。

「それにしても危ないところだった」

「そうだな。台場のそばを通ったときに思ったんだ。騒動が起きれば、守備兵が飛び出てくるんだろうって」

浜に引きあげられた舟の間をのぞき、誰もいないことを確かめながら歩いてきた鮫次は品川御台場のすぐそばまで行ったという。

御台場を囲む石垣は海面から二丈ほども突きでていて、上辺の切り欠きから四門の砲が突きでている。海に面した石垣は舳先のように尖《とが》っていて、両面に四門ずつ砲が据えられていることは誠之進も知っていた。

ペルリが二年つづけてやって来て、江戸前を好き勝手に走りまわって、空砲とはいえ、七隻がぴたり呼吸《いき》を合わせて撃ってみせた。御公儀はあわてて品川湊をぐるり取りかこむ御台場を作り、大砲を並べることにしたのである。

御台場は三十にもなる、いや四十だと市中の評判を呼んだが、実際にでき上がったのは七つでしかない。間が抜けたことに御台場が完成したのは二度目のペルリ来襲から一年後、以来四年になろうとしているのにペルリは来ていない。

ところが、たいそうな大砲を並べてはいるが、沖合の黒船には届かないという噂も聞いた。逆に黒船の側からは江戸城《おしろ》に撃ちこめるだけでなく、揺れる黒船の上から撃って、西の丸をふっ飛ばせるともいう。

「石垣の上から瓦屋根が二つ並んでるのが見えた。一つは番兵の詰め所で、もう一つは砲弾や火薬を入れておく蔵だろう。一度も火を吹いたことのない大砲だってのに手入れは毎日なんだろうな。まったくご苦労さんだが、そのための番兵も大勢いるって話だ。

連中が出てきたんじゃかなわねえと思って離れたよ」

　砂州の中通りにかかった鮫次が漁師小屋の陰から通りをうかがったときには、強い雨のせいで見通しはよくなかったが、おかげで姿を隠しやすかった。

「さっさと中通りを渡って……、と思ったが、砂州の突端には弁天様だ。おれも漁師の倅、素通りはできず、足を止めて門前から手ぇ合わせたよ」

　川べりまで来たところでふたたび小屋の壁に張りつき、岸に並ぶ舟の様子を探った。目をつけた一艘にのみ二人の姿があるだけで、舟の上にも周囲にも人影は見当たらなかった。

「夕凪の姿はどこにも見えなかった。亀太郎もね。この間のうすらでかい奴……、さっき誠さんが斬った男だが、あいつも見えなかった」

　そう思いながらあちらこちらとのぞきこんだものの、やはり雨に打たれる舟があるばかりだったという。

「そのときだよ、舟を出す仕度をしている二人……、ありゃ、どう見ても親子だな」

「おれもそう思った」

「そう、その二人の向こうに誠さんが見えたんだ。雨なんぞ気にするもんかってな感じで堂々と歩いている。威張ってやがると思ったよ」

「威張ってたわけではないが」

誠之進は苦笑した。

「海辺の方舟はすっかり浜に引きあげられていたが、川っ縁はそうもいかねえんだろ。舳先だけ上げて、艫は川に浸《つ》かってたんだ。だからおれも裾をからげ、川に入るしかなかった」

「川に入ったのか」

「しょうがないだろ。ほかに手はねえんだから。腰くらいまで浸かったよ。冷てえし、川底はどろどろのぬるぬるだ。気味が悪くてしょうがなかった。だけど、そのおかげで舟を出す仕度をしてた親子に気づかれずに近づけたんだ。倅が文句をいってたよ。この雨ん中舟を出すのかって。親父は黙って仕度をしろと怒鳴ったっけ。そうして親父の方がこっちを見たんだ。あわてて頭引っこめてさ。そのおかげで舟に誰か乗せているんだと気がついたわけだ。だけど舟縁から顔を出して、のぞくわけにもいかねえし、どうしようかと思ってたら……」

鮫次が顎をしゃくり、夕凪を差した。

「この女の声がしたんだ。舟の間からのぞいたら、誠さんに向かって何かいっているみたいだったが」

「お前は何者だっていわれた。それと娘はどうしたって。鮫さんが睨んだ通り、あの娘は夕凪にいいつけられて旅籠に戻ったようだ。鮫さんを連れてくると思ったところが来たのはおれだった。びっくりしたろう」

「そんときに何かが爆《は》ぜる音が聞こえたんだ」

「短筒だ。喜八……、あの背の高い、顔の長い男だが、連発式の短筒を持っていた」

「たいそうなだんびら差してるってのに頼りはそっちかよ」

鮫次が舟縁に唾を吐きすて、口元を片手で拭う。

「まあ、そのおかげで亀太郎の奴が立ちあがったんだが。親子はとっくに逃げだしててね。亀の野郎一人なら水ん中に引きずりこんで何とかなると思った。こっちはガキの頃から海に放りこまれて泳ぎを覚えた。それこそおれの縄張りよ。水ん中に引きずりこんで二、三発殴りつけてやれば、ぐうの音も出まいと思ったんだが」

鮫次が渋い顔をする。

「舟縁に手をかけ、躍りあがって亀太郎の帯をつかんだ。野郎、あっといっただけで川に落ちた。しめた、こっちのもんだと思ったんだが、つかまえようとしたとき、いきなり頭突きをかまされちまった。それがもろに顎に入《へえ》って、おまけにとなりの舟に頭をぶつけてな。目の前が暗くなりやがる。その隙に逃げられちまった。鮫が亀に逃げられたんじゃ、しゃれにならねえ」

こほっと小さな咳が聞こえた。

夕凪がうっすらまぶたを開いている。色を失った唇が赤く濡れ、歯も血に染まっていた。

「あの人……、逃げたんだね」

ひと言つぶやく。

「夕凪」

呼びかけたが、答えることなく目を閉じた。口元には笑みが浮かんでいる。

それきりだった。

いかにも満足そうな笑みのせいか、昨日、狂斎が裏から彩色した観世音菩薩を思いださせた。

「逝っちまったか」

つぶやいた鮫次が舟の舳先を沖へと向けた。いつの間にか雲が割れ、一筋の光が射している。

海面はきらきら輝き、この世のものとは思えないほどに美しかった。


品川での一件から二日後、誠之進は磐城平藩江戸下屋敷にある父の隠居所に呼ばれた。亀太郎の葛籠はすでに父に届けてある。あらためて呼びだされたのは、江戸詰側用人を務める兄がやって来たためだ。

座敷にいるのは親子三人だが、なかば公務であるため、兄が床柱を背にして座っていた。父が兄の右前、誠之進は兄と向かいあう格好で正座していた。

兄の前に二枚の絵が置かれている。いずれも亀太郎が漁師父子の舟に残していった葛籠に収められていた。幾重にも油紙で包んであったため、土砂降りにあって、なお濡れずに済んでいた。

一枚には藩主安藤対馬守の肖像、もう一枚は磐城平藩上屋敷の門が描かれている。亀太郎が芳野金陵塾を去ったあと、小野仁九郎が押入で見つけた反古と違い、絵は完成していた。

兄が深いため息を吐き、低い声でいった。

「殿の老中就任は、ほぼ本決まりとなった」

誠之進のみならず父までがはっとして兄を見た。だが、藩主の肖像を見つめる兄の表情は変わらない。ぼそっといった。

「いよいよ、だ」

安藤家が磐城平に入封したのは百年ほど前で初代藩主信成は松平定信の下、寛政の改革に携わり、老中に就任している。今の藩主が老中となれば、初代以来の出世といえた。だが、兄の顔には喜色はかけらもない。

兄が目を上げ、誠之進を見た。

「さて亀太郎なる者、長州萩の出で吉田松陰《よしだしょういん》門下であったことがわかった」

「ショウイン……、何者でございますか」

「ふむ」

うなずいた兄が話しはじめた。

吉田松陰は五年前の嘉永七年、前年の約束通りふたたびペルリ艦隊が来航すると亜米《あめ》利加《りか》の軍艦に乗りこもうとして失敗、幕府に捕縛された。密航目的だともペルリを暗殺する狙いがあったともいわれるが、小舟でこぎ寄せ、首尾よく船に乗りこんだもののペルリへの面会はかなわず船員につかまって奉行所に突きだされている。

ペルリ艦隊としては、二年越しで日本との間にようやく条約がまとまろうという重大な時期であり、見も知らぬ男のために危険を冒すはずはなかった。幕閣には即刻死罪にという意見があったようだが、松陰の一連の行動には幕府方の兵学者佐久間象山《さくましょうざん》が連座していたこともあって、老中が助命を取りなし、萩に送られ、入牢した。

一年ほどで出獄、その後、地元の有力者でもある実家に幽閉の身となった。ところが、身動きならない境遇にもかかわらず塾を開き、長州の若者たちを煽りたてているという噂は江戸にも流れてきていた。

どうやら亀太郎もそそのかされた一人のようだ。

誠之進はうなずいた。

「やはり塾に入門しておりましたか。品川の旅籠で妓相手に自慢げに吹聴していたようです」

「さようか」兄が渋面になる。「所詮、魚商の小倅だな。だらしないことだ」

「今、何といわれました」

誠之進は思わず声を発した。

「いかがいたした」

「はい」

あの日、川に浸かって忍びよった鮫次が舟の上で立ちあがった亀太郎に襲いかかり、水中へと引きずりこんだ。漁師の息子である自分にとって水中は勝手知ったる領分と踏んだからだ。

だが、亀太郎が鮫次に頭突きを食らわせ、手を離れると逃げていったという。折からの雨で水が濁り、見失った鮫次は舟に上がり、放置されている葛籠を見つけたが、いつまで経っても亀太郎は川面に頭を出さなかった。

亀太郎もまた海人であったということか。

『いかにも陸《おか》のお人が考えそうなこった。逆さまだよ。海はどこへでもつながってる。その気になりゃ異国にまで行ける』

鮫次の言葉が脳裏を過《よぎ》っていく。

顚末《てんまつ》を話すと兄はうなずいた。

「そうであったか。亀太郎の姓は松浦、生家は代々萩で魚商を営んでいる。もっとも亀太郎は稼業を嗣《つ》がず、絵師として修行を積んだ。たしかにお前が見立てた通り羽様西崖に弟子入りしていた」

見立てたのは誠之進ではなく、狂斎だ。

「松洞という画号を授けられているそうだ。そして吉田松陰の門下でもある」

おそらく品川宿にも本物の公儀隠密が幾人も入っているのだろう。誠之進が得た手がかりをもとに調べを進めたに違いない。

しばらくの間、黙っていた兄だが、やがて驚くべきことを口にした。

「松浦はひょっとしたら御台場の守備兵どもに匿《かくま》われたのかも知れぬ」

「どうしてそのようなことが」

「今、品川の御台場を守っているのは水戸殿だ」

昨年、紀州藩主徳川慶福が十四代将軍の座に就き、名を家茂と改めたが、それまでには幕閣を二分する熾烈《しれつ》な争いがあった。最後まで将軍の座をめぐって井伊掃部頭と争っていたのが水戸藩主徳川中将なのだ。

兄が言葉を継いだ。

「お前が斬った男も水戸の百姓だそうだな」

「はい」

短筒を振りまわした喜八だけでなく、その前に奉行所に引き渡し、斬首された二人も同様である。三人そろって剣術はまるで素人であった。水戸藩でも霞ヶ浦周辺の百姓たちは激烈で知られ、ことあるごとに強訴をくり返していると聞いていた。

「殿は付け狙われているのかも知れぬなぁ」

兄のつぶやきは二度目のため息となった。

誠之進は畳に置いた肖像画に目をやった。百姓どころか水戸藩士ですら安藤対馬守の顔を知る者などないだろう。いくら亡き者にしようと力んだところで相手の人相すらわからないのでは話にならない。

誠之進は肖像画を見つめたまま訊いた。

「この絵、似ておりますか」

「よく描けている。ひと目見れば、見間違うはずはなかろう」

翌日、誠之進は神田明神下の狂斎を訪ね、事件の顚末を報告した。すべてを語り終えると狂斎が吐きすてた。

「埒《らっし》もねえ」

そうして湯飲みの酒をぐいと呷り、空にして鮫次に突きだす。膝でにじりよった鮫次が大徳利を両手で捧げもって注いだ。

受けながら狂斎がぶつぶついう。

「たかだか一枚や二枚の素人の絵でいったい何人死んだ」

狂斎から見れば、亀太郎などずぶの素人に過ぎない。

誠之進は目を逸らし、壁にかけられた観世音菩薩の絵を見やった。絹布の裏から彩色していた絵が完成していた。

ふくよかな顔は淡い桜色をしている。

血の気が失せ、唇までが鑞《ろう》のように白くなっていたところへ肺腑が破れ、鮮血で口元だけが濡れていた夕凪とは似ても似つかない。それでも誠之進には菩薩と夕凪とが重なって見えた。

揺れる舟に横たわり、亀太郎が無事に逃げたことを知った夕凪は頰笑んだ。あのときも誠之進は狂斎の描いた菩薩を思いうかべた。

直後、雲が割れ、一条の陽光が射した。光のあたったところだけ波がきらきら輝いていたものだ。

描かれている菩薩は慈愛の表情で下を見て、右手を差しだしている。

一条の光の中に菩薩が現れ、差しのべた手に夕凪がすがろうとしていた。

上州の山中に生まれ、生家が貧しかったゆえに品川宿に売られてきた。おそらくは七歳か、八歳くらいであったろう。それから数年は、下働きをしながら躾けられていった。

そして親がつけてくれた名を捨て、夕凪となった。

丸顔で鼻は低く、決して美人ではないといったのは、口入れ屋の藤兵衛だ。たしかに藤兵衛のいう通りの顔立ちをしていた。それでも一時は板頭を張っていたのは抱かれ上手だったからだ。

『品川の妓たちは一夜妻になるんです。一夜だけ、身も心も客に尽くす』

独り身の誠之進にはもう一つの自分の家という意味が今ひとつぴんと来なかった。だが、濃密な一夜をともにして翌朝優しく送りだされれば、帰ってきたいと思うだろう。すべて嘘で塗りかためた一夜であるにせよ、親身になって話を聞きながら酌をしてもらって飲む酒も温かな肌も真実に違いない。

どの客にも心底惚れこんで尽くすのが夕凪の手管……、そう思いかけた誠之進は、否と胸の内でつぶやいた。すがってきた者を優しく抱きとめるのが夕凪の本性であったろう。嘘偽りがないからこそ板頭を張るところまで登りつめた。

だが、月日は残酷だ。すべすべしていた肌はたるみ、顔には皺が寄る。一方で若い妓たちがやって来て客を取るようになり、客もまた代替わりしていく。

『それでも所詮一夜妻、本物の女房になれるわけじゃない。夕凪だって生身の躰、どうしたって歳を重ねていきます。三味線でも弾ければ、師匠になるところなんでしょうが、そんな芸もない。これから先、どうするのかというとき、亀太郎が現れた』

藤兵衛の言葉とともにお茶を引き、ぼんやりと宙を眺めている夕凪の顔が浮かんだ。おそらく亀太郎の目当てが夕凪の貯めこんだ金にあったことも察していたに違いない。

それでも亀太郎が逃げたと聞き、最期に笑みを浮かべて死んだ。藤兵衛のいう最後の、そしておそらくは負けること必定の大博打だったのだろう。老いさらばえていくのを呆然と眺めているのではなく、命がけで生きたということか。

あの日、一条の陽光に照らされ、きらきら輝く沖合まで鮫次が舟を漕《こ》いでいき、そこに夕凪の亡骸《なきがら》を沈めた。

「誠之進さんよ」

狂斎に声をかけられ、我に返った。

「はい」

「絵師ってのは一度描いた絵を忘れるもんじゃない。わかるか」

「亀太郎はもう一度描くと」

「一度でも二度でも何度でも……」

狂斎の表情が厳しい。

「絵師の性だ」

黄昏《たそがれ》の品川宿まで戻ってきたとき、たった一羽で木の枝にとまっている白い鳥を見つけ、誠之進は足を止めた。
鴉《からす》だった。
嘴《くちばし》から枝をつかんでいる足の爪まで白く、目だけが赤い。
しばらく眺めていると、鴉は誠之進に目を向け、一声鋭く鳴いた。
まるで血を吐いたように口の中も赤かった。

第四話　萩　に　て

一

　瀬戸内の海を走っている間、陸地には漁船の並ぶ浜や数多《あまた》の船が出入りしている湊がつづいていたが、馬関《ばかん》――のちの山口県下関《しものせき》――を出たとたん、景色は一変、まるで海からにょきにょき山が生えているかのようで人の気配がまるで感じられなくなった。

　いや、山が分厚い緑の森を背負ったまま、次から次へと海になだれこんでいるように見える。

　朝早く馬関の港を出た船――北前船宝珠丸《ほうじゅまる》が北へ向かいはじめたときから右舷に広がる光景に誠之進は目を奪われつづけていた。

　空は一面分厚い雲に覆われ、風が強く、ところどころ白波が立つほど海は荒れている。

誠之進は船尾に積みあげられた荷を縛りつけている綱をつかんで立ち、突きあげ、次の瞬間すっと沈む船の動きを膝で受けとめていた。

それにしても速かった。江戸を出てまだ九日目なのだ。四日で大坂に着き、さらに四日で馬関まで来た。今朝、馬関を出て夕方には萩湊に入るといわれている。

萩までのはるかな道のりに気が遠くなる思いを抱え、とりあえず鮫次に相談したところ、あっさり大坂まで行く廻船にわたりをつけてくれた。さらにいっしょに来るといい出した。そこまで手間をかけさせるのは心苦しいと断ったが、大坂で次の船をどうやってつかまえるんだと訊きかえされ、ぐうの音も出なかった。

大坂湊では、馬関、萩を経て、その後、奥能登まで向かうという宝珠丸に乗れるよう話をつけてくれた。海に出さえすれば、海人《あま》はどこにでも行けるという鮫次の言葉に嘘はなく、大坂においても品川の漁師村と変わらない絆を見せつけられた。

「誠さん」

声をかけられてふり返ると伊佐八《いさはち》がすぐ後ろに立っていた。

伊佐八は宝珠丸の船頭にして船主でもあった。五十年配で髪は白くなっていたが、顔は赤銅色に焼け、小柄だが、敏捷《びんしょう》そうな体つきをしている。今でも嵐となれば、水手《かこ》たちの先に立ち、船のあちこちを飛びまわるという。船の扱いに長けているだけでなく、自ら船主として取り引き一切を仕切る抜け目ない商人でもあった。

「そろそろ萩湊に近づく」

「もうですか」

誠之進は驚いて陸に目をやった。いくぶんか陸地に近づいているような気もしたが、相変わらず山が海に落ちこんでいるばかりで湊など見当たらなかった。

「風が強かった分、船足が速まった」伊佐八が手を伸ばした。「あれが指月山《しづきやま》なんだが……、ありゃりゃ、ちょうど天辺に雲がかかってやがる」

手前に小さな島が二つ並んでおり、その先に山が盛りあがっていた。伊佐八がいうように頂上付近が雲に覆われている。

「あの山を回りこんだ先が萩湊だ」

「はあ」

キツネにつままれたような気分ではある。相変わらず湊など影も形も見えない。だが、伊佐八がいう以上、間もなく到着するのだろう。

「すっかりお世話になりました」

ていねいに頭を下げると伊佐八が白い歯を閃かせた。

「礼には及ばない。もらうものはしっかりもろてる」

もらうものとは帆待といわれる金のことである。本来は悪天候で出港できないとき、港に釘付けにされている間にかかる費用を荷主側が負担するという意味だったが、転じて運賃以外の収入全般を指した。

「それにしても毎日よく飽きないもんやね。暇さえあれば、そこに立って海やら岸やら眺めてなさる」

「何を見ても驚かされるばかりなもので」

江戸を離れ、長い船旅に出たのも初めてだったし、見るもの聞くものすべて珍しかった。そして馬関を出て以降、目の前に開けている山と海の光景に圧倒されている。

「いやいや、驚くのはこっちや。あんた、本当に船は初めてか」

「ええ」

「どんなに穏やかな海だって初めてとなりゃ、揺られてまいっちまうのが当たり前や。ところがずっと平気な顔してなさる」

「いや、初めてではありません。江戸から大坂まで廻船に乗りました。伊佐八さんにお世話になるのは二度目です」

「鮫次の奴に聞いたが、大坂までは結構揺られたらしいやないか」

「春の嵐ですかね。山となった波に張りついて船が昇っていくのには魂消《たまげ》ました。帆は畳んでありましたが……、でも、面白かった」

「面白かったたって……」伊佐八が苦笑する。「ひっくり返りゃ、溺れ死ぬんやで」

「何をしてても死ぬときは死にます」

伊佐八が目をぱちくりさせる。

「心底そう思ってるみたいやな。今どきあんたみたいに肚《はら》の据わったお侍がいなさるとはねえ」

「私は絵師にございます」

「そうやったな。こら、えらいすまんこって」

伊佐八がつるりと顔を撫でる。

「さて、間もなく楫《かじ》を切る。揺れるかも知れんから気をつけて……、といいたいとこやけど、あんたなら心配ないか。ものは相談やが、絵師なんか辞めちまって水手にならないか。いずれ船主になれれば、大儲けでけるで」

「とても私ごときには」

誠之進は苦笑して首を振った。

「惜しいなぁ。あんたさえその気なら一、二年修業してくれれば、この船をまかせてもええ思うんやが」

小さく首を振りながら伊佐八が船尾から降りていった。指月山に目を向けた誠之進は胸のうちでつぶやかずにいられなかった。

ついにここまで……。

そもそもの発端は二枚の反古が見つかったことにある。一枚は磐城平藩主安藤対馬守の肖像、もう一枚には登城のため、上屋敷を出ようとする藩主と数十人の供回りの様子が細密に描かれていた。どちらも炭で描いた下絵に過ぎなかったが、捨て置くわけにはいかなかった。

とくに肖像は、御側御用を務め、藩主を間近に見てきた父、跡を継いだ兄の二人が藩主そっくりと認めており、刺客にとってこの上ない手がかりになる。

描いたのは萩から来た亀太郎という男だ。その後の調べで萩から来ており、絵師羽様西崖に師事し、その後吉田松陰門下となったことがわかった。

『ついでにその松陰とやらもお前の目でしっかりと見てこい』

父の言である。

誠之進は鮫次の協力もあって亀太郎を追いつめ、何とか絵を奪うことはできた。だが、亀太郎には逃げられてしまった。

一方、鮫次が人気絵師河鍋狂斎のところに出入りしていたおかげで、狂斎に反古を見てもらうことができた。

亀太郎が羽様西崖の弟子であると看破したのが狂斎である。

品川で亀太郎が描いた絵を奪いとって一件落着したと報告したのだが、その席でいわれた。

『絵師ってのは一度描いた絵を忘れるもんじゃない』

すでに亀太郎は萩に戻るため、芳野塾を辞めている。兄に狂斎の言葉を伝えたところ、萩まで亀太郎を追うよう命じられた。

誠之進は船の中央に目をやった。鮫次が背丈の三倍ほどにも積みあげられた荷にもたれ、居眠りをしていた。萩では鮫次の知り合いに会うことになっているが、いかにして亀太郎を探すのか見当もついていない。まずは萩に上陸し、城下を歩きまわってみる以外にないだろう。

肚をくくり、指月山に目を戻した。

いつの間にやら頂上付近の雲が吹き払われ、白い建物が見えている。萩城は指月山を背負っており、山の天辺には詰め丸が築かれていると聞いていた。

あれがそうかと思っているうちに宝珠丸は指月山の東から湊に向かった。動いているのは船の方だが、まるで山そのものが回り舞台に載っているように映った。

徐々に開けてきた光景に誠之進は目を瞠《みは》った。

海浜は石垣で固められ、本丸には白塀が巡らされていた。その上に突きでた天守がゆっくりと姿を現し、白塀の向こうには賑やかそうな城下がどこまでも広がっていく。馬関をはるかに上回る大きな町であり、奥には連山が屏風のようにそびえている。

誠之進は半月前、品川の茶屋で父に会ったときのことを思いかえした。

茶屋を訪ねたときには、すでに父が来ており、しかも見知らぬ男をともなっていた。

羽織、袴をきちんと着けていたが、それほど金のかかった身なりではない。歳は三十前後くらいに見えた。

藤代《ふじしろ》と名乗った。

酒と酒肴が運ばれたあと、あえて膳をわきによけた藤代が懐から折りたたんだ紙片を取りだした。畳半分ほどの大きさがあり、誠之進の前に広げて行灯を引きよせた。

「これが萩にござる」

藤代の言葉に誠之進は目を瞠った。今まで萩の絵図など一度も目にしたことがない。藤代が誠之進から見て絵図の左側を手で示した。

「こちらが海」反対側に手を動かす。「こちらが陸になります。つまり萩の北には海が広がっております」

手を誠之進の左膝近くまで持ってくると蛇行した二本の線に沿って動かした。

「そしてこれが阿武川《あぶかわ》です。これが下って、海に注ぐ手前で東と西に分かれます。東を松本川、西を橋本川といい、この二つの川に囲まれた広大な三角州が萩城下にございます」

藤代が三角州をぐるっと手で囲んだ。誠之進がうなずく。さらに手が動き、右上の海に突きだした丸い岬を指す。

「ここに指月山があり、麓が萩城となっております」

山の天辺に詰め丸、九十九折《つづらお》りとなった道を下って、内堀に囲まれた本丸があり、堀に突きだす格好で天守が築かれていた。堀の外は二の丸で河口がそのまま外堀となっている。

藤代がまた手を動かした。

「そして萩湊」

藤代が示したのは、城下の東を流れる松本川のさらに東にある入り江である。

「湊は城下から外れているのですか」

「諸国からの船が直接つけられないようにする工夫でしょう。さらに萩湊に入るのに回りこんだ岬は鶴江台《つるえだい》という高台になっていて、東の岬には笠山があります。そしてそれぞれの頂に見張りが配されております」

「萩湊に入る船は右、左、二ヵ所から見下ろされている、と？」

誠之進の問いに藤代は小さく首を振り、指を三本立てた。

「指月山の頂に詰め丸がございます。その上……」

そういって藤代が萩城下の西、南、東と手を動かし、ぐるりと取り囲んだ。

「後背は天然の要害、これらの険しい山々に守られております。萩城下は北に海、南を険峻《けんしゅん》な山に守られた地でございます」

すでにご存じかも知れませんがと断って藤代が話をつづけた。

長州藩毛利家といえば、今でこそ周防《すおう》、長門《ながと》の二国を領有するだけだが、かつては日本海から瀬戸内海まで連なる本州西部十ヵ国を治めた大大名であった。それが関ヶ原で敗れ、日本海側の萩の地に押しこめられたのである。

「以来二百数十年、毛利家中では御公儀打倒を密かな藩是としてまいりました」

移封直後、周防、長門二国の表高は三十万石に満たなかったが、萩藩は新田開発に血道を上げ、たった五年ほどで五十万石を超えるまでになった。しかし、関ヶ原の敗者である上、西軍の総大将だった毛利家が隣国の芸州広島藩四十九万石を超えるのはうまくないということになった。広島藩主福島正則《ふくしままさのり》は東軍の将として功績を認められていたためである。

「毛利家は表高を調整し、隠忍自重の日々を過ごしながら、なお新田開発に努め、実質的には八十万石を超えるといわれるまでになりました」

「大藩でございますね」

「それだけではありません。今に始まったことではありませんが、唐国との密貿易によって多大な利を手にしているという噂もございます」

絵図に視線を落とした誠之進の脳裏に鮫次の言葉が過っていった。

海はどこへでもつながっており、その気になれば、異国にも行ける。

「さて」

そういって藤代が松本川の東岸一帯をぐるりと手で囲み、松本村と呼ばれるといった。その中央を指す。

「この松本村に吉田松陰の塾……、松下村塾《しょうかそんじゅく》があります」

誠之進は目を上げ、藤代を見た。

「亀太郎が門下となっている塾ですね」

うなずいた藤代が説明した。

吉田松陰は昨年末、朝廷の許可を得ることなく亜米利加《あめりか》と通商条約を結んだことを批判し、越前鯖江藩主で老中首座の間部下総守《まなべしもうさのかみ》暗殺を公言してはばからなかった。長州藩はただちに松陰をとらえ、城下の野山獄《のやまごく》につないだ。

「昨年末、松陰が下獄したため、塾も今では閉鎖されております。しかしながらその下獄にしても毛利家中の策略ではないかと見られます」

「策略といいますと？」

「松陰を守るため」

藤代が声を低くしていい、誠之進は目を上げた。

「それほどの人物にございますか」

しかし、藤代は首を振っていった。

「いえ。しかし、目くらまし程度ならば使えると踏んでいるのでございましょう」

松陰を、だ。

誠之進は顎を引き、じっと藤代を見つめた。

隠すべきものがあるとすればたった一つ、長州藩が抱く積年の恨みを晴らす蹶起《けっき》しかない。

「それでは松陰はいずれ御公儀《おかみ》に引き渡されますか」

誠之進の問いに藤代がうなずく。

「近いうちに」

その夜は遅くまで萩について説明を受けたが、藤代が何者なのか、本人はもとより父も教えてはくれなかった。


湊に入った宝珠丸は栈橋から少し離れたところに碇《いかり》を降ろした。荷を満載した艀《はしけ》が近づいてきて横付けして積みこみ、逆に宝珠丸から荷が移されたあと、誠之進は鮫次とともに艀に乗りこんだ。船上は荷の積み下ろしで慌ただしく、伊佐八には合間を縫って簡単に挨拶できただけだった。

宝珠丸からは灘の酒、京の反物、菜種油などが下ろされ、艀からは萩焼の器や干しふぐなどが積みこまれたというが、いずれも筵《むしろ》に包まれ、縄で厳重にいましめられていたので中を見たわけではない。

大坂を出た宝珠丸は瀬戸内で三ヵ所に寄り、馬関を通りすぎて萩にやって来ていた。大坂で鮫次が萩に寄る船を探し、巡りあったのが伊佐八である。宝珠丸にかぎらず北前船は航海ごとに商いの内容が違い、それに合わせて寄港地も変わる。宝珠丸にしても今まで入ったことのある湊は八十を超えると伊佐八はいった。

艀が桟橋に着くと誠之進と鮫次は船頭に礼をいって真っ先に降り、荷の集積場に出た。周囲をぐるりと商店が取り囲んでいる。

誠之進は目を瞠った。

「けっこう賑やかなものだ」

「実勢八十万石の萩御城下……、本当のところはわからないけど」

「どういうことだい？」

「船だよ」

そういっただけで鮫次は右に左に顔を向け、人を探している様子である。

はいはあと誠之進は思った。藤代が見せてくれた絵図が脳裏に浮かぶ。

「北に海が開けてるね」

「それもあるけど……」

鮫次が顔を近づけ、ぼそぼそといった。

「今乗ってきた宝珠丸にしても加賀藩への届けは千石積みだが、実際には千五百石まで積める」

ぎょっとして鮫次を見返した。鮫次がつづけた。

船の大きさを千石積みまでと定めたのは幕府だが、一隻一隻調べるのは船が置かれている藩の役目だ。五割もの目こぼしは船頭だけでなく、藩の財政にとっても有利に働く。藤代も長州が唐国との密貿易によって巨万の富を得ているといっていた。

そもそも船の大きさが極秘に水増しされているのであれば、積み荷に関する記録は一切残らない。抜け荷には打って付けだ。

賑わいを見せる湊を眺めわたしていると、さもありなんという心地がしてくる。

「大したものだ」

誠之進が感心してつぶやくと鮫次は素っ気なくうなずいた。

「江戸の連中が知らないだけでね。ここから陸奥、蝦夷島《えぞがしま》にかけて結構な数の湊があるし、どこも繁盛してる。御公儀《おかみ》にはいえないが、船商売が盛んなのは、それこそ権現様御入府のみぎりより……、はるか昔からでね」

徳川家康が江戸幕府を開く以前からという意味だが、むしろ幕藩体制が確立したことで船による行き来は制限されたといえる。それでも長年にわたって船頭たちは各湊を行き来し、さかんに商売をしてきた。

宝珠丸が夏の間、蝦夷島、さらに北にある利尻島、樺太を回って、能登に戻り、秋には下関を回って瀬戸内海を航行して大坂に至っているのは昔からの、それこそ江戸に幕府が置かれる以前からつづいている。

「あ、ようやく来やがった」

鮫次が見ている方に誠之進も目を向けた。縞の着流しに印袢纏を羽織ったすらりと背の高い男が近づいてくる。袢纏の襟には西海屋《さいかいや》と染め抜かれていた。殺げた頬に穏やかな笑みを浮かべてはいるが、目は抜け目なさそうに鋭い。

「長次郎《ちょうじろう》っていうんだけどね、昔っからの知り合いで。今は萩の商家に雇われてる」

「その者も船乗りなのか」

「いや、船に弱くて。誠さんみたいにいくら揺れても平気な顔してられるんなら船頭をやったんだろうけど」

近づいてきた長次郎が声をかけてきた。

「鮫が亀に逃げられたんじゃしまらねえな」

いきなりの痛打に鮫次は目をぱちくりさせ、絶句した。誠之進はかまわず長次郎に一礼する。

「お世話になります。河鍋狂斎の弟子で誠斎と申します」

長次郎が誠之進に目を向けた。相変わらず口元には薄笑いを浮かべているが、ていねいに辞儀を返した。

「西海屋番頭、長次郎と申します」

「へっ、お前《めえ》、いつから番頭んなった？」

口を挟んだのは鮫次だ。

「去年。入り婿でね」

「ちくしょう、うまいことやりやがって」

「こんな田舎じゃ番頭も弁当もねえよ。それより早速案内しよう」

長次郎が誠之進に顔を向けた。

「ろくに宿なんかありゃしませんので、店《たな》の離れを用意しました。むさ苦しいところではございますが、まずは足を伸ばしなすっておくんなさい」

「世話になります」

誠之進は言い直し、もう一度辞儀をした。

二

「しかし、驚いたなぁ。野郎が西海屋の番頭かよ」

縁側で両足を投げだした鮫次がぼやいた。

離れとはいっても立派な座敷が三つ、ほかに簡単ながら土間と水屋があり、庭に面して縁側がついている。庭は中央をこんもりと盛りあげ、そこに庭木を配しているので母屋からは目隠しになっている。隠居所として建てられ、数年前に亡くなるまで店主の母親が暮らしていたという。今は来客があったときに使っているだけだというが、隅々まで掃除が行き届いていた。

店主夫婦には娘が一人あるだけで、長次郎はその婿に入っていた。

誠之進は座敷の中央に端座し、庭を眺めていた。決して贅沢《ぜいたく》な造りではなかったが、離れ同様よく手入れされている。

鮫次がふり返った。

「さて、これからどうするかね」

「長次郎さんは事情をご存じのようだ。いっそ亀太郎の家を訊いちゃどうだい？」

にやりとしていうと鮫次が顔の前で手を振った。

「勘弁してくれ。おれは奴《やっこ》さんに手紙を書いたけど、旅の途中だといってやっただけだ。誠さんと二人、師匠に西国で修行してこいといわれて、ついては萩にも是非立ちよりたいって」

品川の一件があってからひと月あまりしか経っていない。もし、長次郎が事件の顚末を知っているとすれば、誠之進たちが亀太郎を追いかけて萩まで来たと考えるだろう。

「長次郎さんというのは、どういうお人なのかな」

「知り合ったのは江戸。もう十年も前になるかな。あいつは日本橋の海苔《のり》問屋にいたんだけど、黒船騒動以来、横浜に移った。これからは異国相手の商売が儲かるって。もともとはしこい奴ではあったんだけど、それから大坂へ移って、風の便りに萩に来ているというところまではわかってた」

湊で見た長次郎の鋭い眼光を思いだす。

「手紙は西海屋に出したんだろ」

「そう……、だけどまさか入り婿になって、番頭までやってるとは思わなかった」鮫次が腕を組み、首をかしげた。「海苔屋の倅なんだけどね」

本所界隈《かいわい》で海苔の行商をやっていた母親に育てられ、母親の伝手《つて》で問屋に勤めるようになったと鮫次がいう。

「まあ、あいつがいうのを聞いただけだが、早くに死んじまった親父というのが行徳《ぎようとく》で漁師をしてたというんだ。上がった魚は干物にしたりして、自分の船で江戸や相州、遠くは駿府あたりまで売りに行ってたともいう。結構手広く商売やってて、おっ母さんともども結構な暮らし向きだったらしい。だけど商売に出た先で親父の船がひっくり返って帰らなかった。骸《むくろ》も見つからなかったって話だ」

「それは気の毒な」

「何《なあに》、海人にはよくある話さ。それで海苔問屋に雇われたまではよかったんだ。いずれは自分の店を持って、おっ母さんに楽をさせるんだっていってたんだけど、今度はおっ母さんがあっさり逝っちまった。ころりでね。それで独り身になって、横浜に出る気になったそうだ。いずれは親父のような船持ちになろうとしたんだけど、船にはからきし意気地がなくて、ちょっとがぶられりゃ、げえげえやってた」

腕を解いた鮫次が庭に目をやった。あるいは庭越しに母屋を見ているのかも知れなかった。

「流れ流れて萩まで来たが、これだけの店の番頭なら悪かねえ」

誠之進は鮫次の横顔を見ていた。宝珠丸の伊佐八といい、長次郎といい、海を糧にする人々には強い絆があるようだ。それだけに気がかりもあった。

松浦亀太郎も魚商の息子、海を糧とする一人に違いない。

今宵、宴に出ていただけないか、と長次郎にいわれた。

離れに逗留《とうりゅう》することになったのが江戸から来た絵師二人組だと西海屋の主――長次郎にとっては義父にあたる――に話をしたところ、歓迎の酒席をもうけるように厳命されてしまったという。

『宴と申しましても顔を出すのはほんの数人、いずれも船問屋や商売で付き合いのある藩の重役でございますが、皆さま隠居の身で無聊《ぶりょう》をかこっております。何分にも田舎ゆえお江戸の香りなど滅多に嗅げるものではございませんので』

どうかと頭を下げられたのでは受けないわけにはいかない。承知するとほっとした長次郎が出ていった。

そのあと、鮫次がしゃあしゃあといってのけたものである。

『噺家《はなしか》にゃよくある話だ。江戸の二つ目は田舎じゃ真打ちに、冴えねえ真打ちなら押も押されもせぬ一枚看板になっちまう。あれといっしょだ。そうだな人気絵師河鍋狂斎の次の次くらいとでも吹くか。どうせ田舎の年寄り相手だ。大したことにはなるめえよ』

ところが、案内された母屋の大広間に行くと二十人ほどが膳を前に囲んでおり、誠之進は鮫次とともに上座、金屏風《きんびょうぶ》を背負って座らされてしまった。ぐるりと膳に囲まれた広間の中央には紙と筆、硯が置かれている。

末席の長次郎が一同に挨拶をした。

「こちらのお二人は江戸で人気の河鍋狂斎師の高弟で向かって左に座ってらっしゃるのが誠斎師」

何のことはない鮫次がかまそうとしていたはったりを長次郎に横取りされてしまった。ままよと誠之進は両手を膝に置き、会釈した。

「そのおとなりは手前の古くからの知り合いでもある鮫次師」

神妙な顔つきで一礼したあと、鮫次がぼそりとつぶやいた。

「えれえことになった」

絵師を囲む酒席となれば、座興で絵を求められるのは珍しくない。現に目の前に紙と硯が用意されている。だが、広間に入ったときから誠之進にはもう一つ気になることがあった。客はいずれも渋めではあったが、金のかかった服装《なり》をしていた。そうした中、ちょうど長次郎の向かいに座っている二人だけが薄汚れた小袖に袴という格好をしている。一人は髭面で大柄、もう一人は対照的に痩せていて青白い顔をしていた。

髭面は笑みを浮かべて誠之進と鮫次を見ているが、青白い顔をした方は顔を伏せたままだ。

果たして酒宴が進むと是非一幅と求められた。酒の入った客が求める題材を即興で絵にしてみせる——いわゆる席画は絵師の芸のうち、まして師の狂斎は江戸市中で一、二を争う狂画の名手と来ている。

それじゃといって立ちあがったのは鮫次だった。差されるままに盃を空け、顔ばかりでなく、そり上げた頭の天辺まで真っ赤に染めている。広間の中央に置かれた紙のところへ行こうとしてよろけ、寄り添っていた長次郎の腕をつかんだ。躰はぐにゃぐにゃ、まさにうであがったばかりの蛸だ。

「すいませんね、どうも。いい酒だもんでつい過ごしちまいまして」

そういいながら紙の前に正座するとやおら背筋を伸ばし、目を閉じた。誰もが口を閉ざし、じっと注目している。

誠之進は不調法を詫びながら酒は一切口にしていない。場違いな二人組が気になっていたからだ。

かっと目を見開いた鮫次がもっとも太い筆を取る。硯池に浸し、たっぷり墨をふくませた。左手を畳について躰を支える。立ちあがったときには足元さえあやしかったというのにきっちりとした姿勢で顔の赤味も心なしか薄れたように見えた。

ゆっくりと筆を下ろす。

誰もが息を詰めて見入っていた。

穂先が紙に触れたとたん、鋭く声を発した。

「はあっ」

そこからが速かった。ぐるりと円を描き、その上に山を書くと円の内側にさらに小さな円を二つ並べたかと思うとふたたび筆に墨をふくませ、紙の上を縦横に走らせた。

ほんのひとときで現れたのは、ぎょろ目で睨みつけ、口をへの字に曲げた達磨《だるま》の姿であった。左下に入れた署名まですべて一本の筆でこなした。見ていた客の間からほうっとため息が漏れ、感嘆の声が上がった。たしかに見事な達磨図である。

考えてみれば、たとえ小間使いとはいえ、まるで絵心がなくて狂斎の用が務まるはずはないのだ。むしろ絵心があればこそ、狂斎の画力を認め、自らは筆を執《と》らなくなったのかも知れない。

わきに座った長次郎が絵をのぞきこむ。

「書き添えられてるお名前が鮫次さんじゃないようで」

「韃斎が師匠からいただいた画号なれば」

「だっさい？　達磨の達？」

「いやぁ、あたしの腕じゃ鞭《むち》を打たなきゃとてものにはならんということで、鞭打つほうの韃《だつ》で。でも、名前負けしております」

「いやいや、なかなかのものですよ」

長次郎が同意を求めるように周囲を見まわした。誰もが大きくうなずく。

そのとき誠之進の前に髭面の男が座り、徳利を差しだした。

「お近づきのしるしにお一つ」

「ありがとうございます」誠之進はていねいに頭を下げた。「いささか不調法者でございまして」

「そうおっしゃらず形だけでも」

「いやいや、申し訳ございません」

誠之進は顔の前で手を振り、固辞した。だが、髭面は諦めなかった。

「やつがれは榎《えのき》と申します。浪々の身で諸国を渡り歩き、今はたまたま萩でお世話になっております」

浪曲師みたいな口を利くと誠之進は思った。声もほどよく涸《か》れており、総髪、堂々たる押しだしと合わせ、浅草辺りの講釈場でも充分にやっていけそうに見えた。

「誠斎師も元はお武家でございましょう。お江戸ならば、御旗本の……」

「まさか」

鮫次は求められるまま、二枚、三枚と即興で絵を描いていったが、いずれも達磨図だった。しかも同じ構図ばかりである。だんだんと席が白けてきた。ちらちらとこちらをうかがう長次郎の視線にも誠之進は気がついていた。

そういうことか——誠之進は肚の底でつぶやいた。

誠之進が本物の絵師か長次郎は疑っていて、宴席を証明の場にしようというのだろう。顔色の冴えない西海屋の主人を見ていると自ら進んで酒宴を催したとは思えない。目の前には榎がでんと座り、未練がましく徳利をいじっている。去ろうとする気配はない。

長次郎が声をかけてきた。

「誠斎さんも是非一筆。お願いいたします」

宴席の誰もが誠之進に目を向けた。

短く息を吐いた誠之進は腹に力をこめた。

「承りました。その前にせっかくですから御酒の方もいただきましょう」

喜色を浮かべた榎がにじり寄り、両手で徳利を差しだす。膳に手を伸ばした誠之進は盃ではなく、なますが入れてあった鉢を取りあげた。平たく、三寸ほどの径がある。

「これへお願いします」

「おお、いける手合《クチ》でございますな」

筆を置いた鮫次がびっくりしたように誠之進を見ていた。

なみなみと注がれた酒を鼻先に持ってきて、香りを吸いこんだ。馥郁《ふくいく》としていながら上品さを感じさせるのは、ひょっとしたら宝珠丸が運んできた灘の銘酒かも知れない。鉢に口をつけ、咽を開くと一気に流しこむ。飲みほしたとたん、全身に酒の香が広がっていくように感じた。息を吐き、空いた鉢を榎に向かって突きだす。

「もう一つ」

「そうこなくては」

髭の間から汚れた歯を剝きだしにして榎が徳利を差しだした。

新たに取り替えられた紙の前に端座した誠之進のそばににじり寄ってきた鮫次がそっと訊いた。

「大丈夫か」

鮫次が心配するのも無理はない。榎に勧められてもかたくなに断りつづけていた誠之進だが、いきなり鉢を手にして受けたかと思うと、あれよあれよという間に徳利にして六本を空けてしまった。二合は入りそうなので一升以上飲んでいることになる。

「どうかな」

熱い息とともに吐きだす。

「頼りねえな」

鮫次がふたたびつぶやいた。

中太の筆を取り、たっぷり墨をふくませ、紙のど真ん中に三角形を描いた。

宴席の誰もが身を乗りだし、誠之進の手元をのぞいている。鮫次にも誠之進が何を描こうとしているのか見当がつかないに違いない。そもそも鮫次の前で絵など描いたことはなかった。

紙のほぼ中央にちまちまとしたものを描いたかと思うと誠之進はふたたび筆に墨をふくませ、右上から左下へ、湾曲した線を描いた。ちょうどちまちましたものだけを避けている。

硯のわきには水を入れた皿も用意してあった。薄墨を用いるためである。鮫次は使わなかったが、誠之進は大胆に線を引いたあと、太い筆に持ちかえ、ふくませた墨を水で薄めて、さらに筆を走らせた。

「お粗末でございました」

筆をおいて誠之進が告げたとき、広間にはため息が充満した。

「誠さん……」

鮫次もつぶやきかけ、絶句した。

そこには夜の海で大波に翻弄される北前船の姿が描かれていた。右上から左下へ黒々と描かれた墨線で波が描かれ、頂上では白く砕けちっている。左上には雲間から顔をのぞかせる月、そして月の中には戯れながら飛ぶひとつがいの蝶が描かれていたのである。

「お見事でございます」

長次郎が感嘆の声を発する。誰もがうなずく中、青白い顔をした浪人風の男だけが黙々と盃を空けていた。


おれの中には一匹の獣がいるのではないか……。

座敷に手枕をかって横になり、強い陽射《ひざ》しにさらされる中庭をぼんやり眺めながら誠之進は胸の内でつぶやいた。今日も暑くなりそうだった。

昨夜、絵を所望され、立てつづけに酒を飲みほすうちに獣を戒めていた鎖が切れ、暴れだす気配を感じた。絵を描いたのは憶えている。しかし、何を描いたかはっきりと思いだせない。絵を描くのは誠之進ではなく、身のうちに巣くっている獣なのだ。

描きあげた絵がどうなったのかも記憶がない。誰かが欲したような気もする。誰なのかもわからない。おぼろげながら脳裏に残っているのは決して少なくない金子《きんす》を差しだされ、必死に固辞している自分の手だ。もらっときなよとささやく鮫次の声が耳に残っているが、それこそ酔夢かも知れない。

とりとめもなく思いかえしているところへ、朝餉を済ませた鮫次が母屋から戻ってきたので起きあがり、あぐらをかいた。誠之進も朝餉に誘われたのだが、どうにも胃の腑が受けつけそうになく断っていた。

「少しはましになったかい」

鮫次がにやにやしながら訊く。誠之進は首を振った。

「そんなこったろうと思ったよ。おかみさんが茶を淹れてくれたぜ」

鮫次の後ろに膝をついた女性が目の前に盆を置いた。

「いせさんだ」

「いせにございます。ご挨拶が遅れました」

両手をつき、ていねいに頭を下げる。誠之進はあわてて座りなおし、辞儀を返した。

「このたびはお世話になっております」

いせはまん丸な顔をしていて、どことなく品川宿の玉木屋にいた夕凪に似ているような気がした。

「朝はお召し上がりにならないと聞きましたので粗茶をお持ちしました」

「かたじけない」

座敷に入ったいせが誠之進の前に盆を置き、また一礼して出ていった。廊下に突っ立ったままの鮫次を見上げる。

「何か……」

「おれはこれから長次郎と出かける」

「どこへ？」

「亀の実家さ。とりあえずのぞいてみる」

「わかった」

誠之進は大ぶりの湯飲みを取りあげ、ひと口すすった。茶はまだ熱かった。だが、渇いた喉には心地いい。出ていく鮫次を見送ったあとは何もすることがない。行李から画帖と懐紙にくるんだ炭の欠片を懐に入れて立ちあがった。

中庭に降りると手桶を下げたいせがいた。

「お出かけでございますか」

「そこらを見物してきます」

懐に入れた画帖をちらりと見せた。もっとも城下を歩きまわるための言い訳というだけで何も描くつもりはなかった。

「御精が出ますこと。暑くなりそうにございます。お気をつけて」

「はい」

一礼した誠之進は西海屋を出た。いせがいった通り午《ひる》までにはまだしばらく間があるというのに日射しが強かった。全身から気味の悪い汗が吹きだしてくる。酒もいっしょに流れてしまえと願ったが、それればかりは意地悪く躰に残っていた。

湊を背に内陸に向かって歩いていくと川のほとりに出た。松本川だと気づいて、足を止め、後ろをふり返った。

藤代が見せてくれた絵図が脳裏に浮かぶ。左に見える高台が鶴江台、右に目を転じ、こんもり盛りあがっているのが笠山と見当がついた。このまま川に沿って進めば、やがて左に松本村が広がり、ほぼ中央に吉田松陰の塾があるはずだ。

顎からしたたり落ちる汗を拭い、躰を反転させて歩きだす。

右に目をやると田んぼのあぜ道を雲水が二人並んで歩いてくるのが見えた。墨染めの衣を着て、網代笠《あじろがさ》を被り、錫杖《しやくじよう》をついている。茅葺《かやぶ》き屋根の家屋がぽつりぽつりと見えたが、どれが吉田松陰の塾なのかはわからなかった。

しばらく歩いていくと、またしても雲水が一人、今度は道の真ん中に立っている。誠之進は右に寄り、雲水のわきを通りぬけようとした。

ふいに雲水が動き、目の前に立ちふさがる。

目を上げようとしたとき、すぐ後ろに二人の雲水が立っているのに気がついた。まだ酒が残っているとはいえ、気配をまるで感じられなかったのは足音をしのばせて駆けよってきたからに違いない。

右手で帯に差したキセル筒を握った。だが、気配を殺して忍びよってきたのが不気味だ。錫杖を手にしているが、地についたままで構えているわけではない。それでも隙が感じ取れなかった。

「松下村塾をお探しか」

ふいに前に立つ雲水がいった。顔をうつむけているので笠の陰になって顔は見えない。誠之進は探るような視線を向けた。

雲水が顔を上げる。

「おおっ」

思わず声が漏れた。

「吉田松陰の塾にござる」

網代笠の下には笑みを浮かべる藤代の顔があった。

三

「今夜半、吉田松陰の塾に忍びこみます」

ことともなげにいう藤代を誠之進はまじまじと見つめてしまった。

藤代が言葉を継いだ。

「今夜、松陰は一晩だけ萩城下の獄から出され、塾において最後の講義を行います。それで夕刻には門下生が集まりましょう」

誠之進は目をぱちくりさせ、聞いているしかなかった。さらに松本村の道で出会ったのも偶然ではなく、誠之進を待ちかまえていたという。

田畝《でんぽ》のあぜ道で出会ったあと、ぐっと南に下った山――田床山《たとこやま》と藤代が教えてくれた――に分け入り、藪の中だが、わずかに開けた場所まで来た。そこには誠之進の分も墨染めの衣と錫杖、網代笠が用意されていたのである。

誠之進の動きを知るのは藤代には簡単なことだった。誠之進の父から連絡がいっていたからだ。

萩行は兄の命令だったが、父を通じて経過を知らせることになっていたので品川湊を発つときと、大坂で宝珠丸に乗りこむときの二度、手紙を書き送っている。先に萩に来ていた藤代は宝珠丸が到着するのを待っているだけでよかった。実際、藤代に従っている二人の若者は、湊で誠之進と鮫次が長次郎と出会ったのも見ている。

二人の若者は藤代をお頭と呼んでいたが、相変わらず藤代自身は自分が何者かを語ろうとしなかった。もし、藤代が本物の公儀隠密なら明かすはずがないと思いつつ、あえて萩に来た理由を訊ねてみた。

返ってきた答えに仰天させられる。

「松陰はあと十日で江戸に送られます。それがしはかの者が滞りなく当地を出るのを見届けるために参りました」

江戸を発つ前、品川宿で初めて藤代に会ったとき、松陰が江戸へ送られるといっていたのを思いだした。近いうちと答えた藤代だったが、すでに移送の期日は決まっていたのかも知れない。

夕刻、山中で簡単な食事をしたためたあと、日が暮れる前に山を下りた。二人の若者は数刻を過ごした場所をきれいに、それこそ草木の一本にいたるまで元に戻し、徹底的に自分たちの痕跡を消して出ていき、ほどなく藤代と誠之進も出発した。

大きな川――松本川であり、河口が萩湊であることを教えられた――にぶつかり、川沿いに少し下ったあと、田んぼの間を通るあぜ道に入った。

やがて木立に囲まれた平屋の大きな家が見えてきた。一本の木の根元にしゃがみこんだ藤代がいう。

「すっかり暗くなるまで待ちましょう」

うなずいた誠之進は邸宅と呼ぶのが相応《ふさわ》しい家を見ていった。

「さすが松下村塾、案外立派なものですね」

感心して独りごちると、藤代がふり返ってちらりと笑みを見せた。

「あれは松陰の実家……、杉家ですよ。塾はその手前」

誠之進は目をしばたたいた。手前には小さく粗末な物置小屋が一つあるだけでしかない。それが松下村塾だという。少々拍子抜けしてしまった。

それでも塾に近づいたのはすっかり暗くなってからだ。杉家本宅の様子をうかがいつつ、生け垣《いがき》の下を這うように進んだ。獲物を狙う猫の細心さで音をたてないよう庭木の下に潜りこむ。おかげで下草の間に伏せるまで誰にも見つからなかった。

忍びこんだ庭はひさしの下に石造りの落ち縁がついた座敷に面している。蒸し暑い夜にもかかわらず障子はぴったり閉ざされていた。

月のない夜で庭木の下は鼻をつままれてもわからないほどの闇だったが、それでもじっと待つうち目が慣れてきた。障子を内側からほの明るくしている行灯の光があったためだ。

蚊の羽音が耳元に迫り、一度などは地面についた誠之進の手の上を蛇が這っていったが、身じろぎひとつできなかった。

どれほど待ったかまるでわからない。表で物音がし、圧《お》し殺《ころ》した声が聞こえた。

ふいに藤代が躰を起こしたかと思うと地べたに片膝をついて網代笠の顎紐を緩めた。そうして笠を頭の後ろに持っていく。誠之進が見上げると藤代が小さくうなずいたのでわけもわからないまま、真似をしてみた。

ふいに男の声がはっきりと聞こえた。

「松陰先生が到着されたぞ」

「馬鹿。大声を出すな」

「すまん」

障子の向こう側で交わされた会話が笠のうちにこもって明瞭に聞こえる。藤代に目をやると、夜目にも白い歯を閃かせた。

やがて襖を開ける音がした直後、やや甲高い声がいった。

「こりゃ、暑い」

誰かが先生といい、すぐにしいっと制された。あとは無言だ。暑いといったのが松陰だろうと察した。足音が座敷の奥へと移動していく。

誠之進は生唾をのんだ。身のうちの音がどきっとするほど大きく聞こえる。

松陰らしき足音が止まり、腰を下ろすや否やいきなり切りだした。

「ぶっ壊すというのは難しいことじゃない。それこそ誰にだって……、生まれたばかりの赤子にだってできる。もともと形ある物は空しくなるのが摂理というものだ」

松陰は昨年末に下獄し、かれこれ半年近くになるはずだ。それなのに挨拶らしい言葉はなかった。今までにもこうして獄を脱けだし、講義をしていたことがあったのかも知れない。

声はやはり高く、そして張りがあった。

それからは松陰の声だけが聞こえた。語られたのは、ここ数年、とくにペルリが来航して以来、圧力に屈した幕府が通商条約を結ぶにいたった過程や、亜米利加、英国《えげれす》、仏蘭西《ふらんす》、露西亜《おろしあ》、和蘭《おらんだ》の情勢についてであった。たとえが抜群にうまく、見たこともない将軍家が腰を抜かしている様子や巨大な黒船など一つひとつが目の前に浮かんでくる。

自分のいる場所も忘れ、誠之進も聞き入ってしまった。

「先ほど壊すことは誰にでもできるといったが、今は何もかもぶっ壊すことが必要だ。異国が持っている大砲を見ろ、船を見ろ。奴らに太刀打ちできる武器を作れる者があろうか。将軍家はどうだ？　薩摩島津御家中ならば？　ぽんと北へ飛んで仙台伊達御家中か。いやいやわが藩ならば……」

言葉が途切れ、すぐにつづいた。

「残念ながら無理だ。あなたたちの中にも聞いている者があろう」

あなた？——誠之進は闇の中で目を丸くした——ずいぶんていねいな言葉遣いをするもんだ。

講義はつづいた。

「清国がどうなったか。えげれすの策略にのせられ、国を滅ぼされてしまった。えげれすという国に滅ぼされたんじゃないぞ。たった数隻の軍船に、だ。なぜか。単純に大砲の差なんだよ。味方の弾は相手にかすりもしない。まるで届かないんだから当たり前だ。だけど、奴らの弾は届く。城壁を壊し、砲台をふっ飛ばして兵を殺す。そうしてさんざ叩きのめしたあとに上陸してくるんだ。そうさせないためには我々も同じ大砲、同じ船……、いや、もっと強い砲を持たなくてはならない。ならば、どうするか。天子様の下で諸国御家中すべてが力を合わせるしかないのだ。将軍家でも各御家中でも駄目。さらにもう一つ駄目なものがある。殿様だの御家老だのといっているようではしようがない。そもそも雲上人といわれてる輩は何もわかってない。それならば、誰がやるのか」

松陰が胸でも叩いたのだろう。鈍い音がした。

「私だよ」

さらに衣《きぬ》擦《ず》れの音がして、松陰が両手を広げる様子が目に浮かんだ。

「そしてあなた方だ。幸い我らが塾には俊英がそろっている。あなた方が自らの持てる力を発揮すれば、必ずや異国に太刀打ちできるだけの力をつけられる。天子様の下では、誰もが力に応じて働けるようにしなくてはならない。そのための第一歩が壊すことだ」

そこまでいったとき、松陰が唸った。

「どうにも暑くてたまらん。障子を開けはなて。少し風を入れよう」

「いや、しかし……」

「こんな真夜中に誰がのぞいてるもんか。公儀隠密か」

松陰がからから笑う。誠之進は横目で藤代をうかがったが、ただじっとしているのみである。

縁側に面した障子が開けはなたれた。開いたのは若い男が二人、一人は小袖に袴だったが、もう一人は単衣《ひとえ》の袖無しを羽織って腰の辺りを荒縄で縛り、股引を穿いていた。

二人は庭を見まわしたが、行灯の光は庭まで届かない。

「捨て置け、捨て置け。誰かが忍んでいたとすれば、いい機会だ。私の講義を聴かせてやるさ」

座敷に集まっている男たちが低く笑った。

行灯が二つ置かれている。男たちの真ん中にくすんだ灰色の単衣姿の男があぐらをかいていた。痩せているだけでなく、ほの暗い中でもはっきりわかるほどやつれていた。獄につながれているせいだろう。老爺然《ろうやぜん》としているが、声の張りは壮年のようでもある。

あれが——誠之進は胸のうちにつぶやいた——吉田松陰か。

本人を目の当たりにして粗末な物置が塾だと教えられたとき以上に拍子抜けしていた。亀太郎が夕凪を相手に先生、先生と連呼し、先ほどから先生という声も聞いていたので、知らず知らずのうちに押し出しの立派な男を脳裏に描いていた。また、塾というからには床柱を背にした松陰が整然と居並ぶ門下と向かいあっていると思いこんでいた。

どちらも裏切られた。

松陰は貧相だったし、男たちはぐるりとその回りを囲んでいる。ある者は端座していたが、大半があぐらをかいている。八畳ほどの部屋に二十人くらいは詰めこまれているのでさすがに足を伸ばしているものはいない。それでも壁や柱に背を預けている者もある。武士らしき風体も垣間見えたが、誰もが貧しい身なりをしていた。

一つだけ、誠之進の背筋を冷たくさせるものがあった。

切れ長で、吊り上がった松陰の目から放たれる眼光だ。鋭いだけでなく、行灯の光を反射し、酷薄とさえ映った。

もう一つの行灯のそばに亀太郎がいた。顔を見るのは品川以来だが、気弱そうな優男を忘れるはずはない。左手を畳につき、やや前屈《まえかが》みになっている。

何をしているのかすぐに察しがついた。右手に炭の欠片を持っている。庭からでは見えなかったが、畳には紙が広げてあるのだろう。

亀太郎は松陰の姿を写しているのだ。品川で奪った葛籠に入っていた藩主の肖像を目にしたとき、父と兄は苦り切った顔になった。それほどよく似ていたのである。その才を見こまれ、松陰の肖像を描くようにいわれたのだろう。

亀太郎はしばらく松陰を見ていた。顎の先から汗がしたたり落ちていた。紙を濡らしているはずだが、気にかける様子もなく、うつむくと手を動かした。

ふたたび松陰が話しはじめた。

「薩摩と水戸の有志たちが動きはじめている。まずは三奸《さんかん》を取りのぞくためにね」

それから名を挙げていった。大老井伊掃部頭、その右腕となって水戸藩を圧迫している讃岐高松藩主松平左近衛権中将、そして若年寄安藤対馬守——。

誠之進は息をのみ、まじまじと松陰の顔を見つめた。

松陰は夜が明ける前に講義を終え、門下たちがそろって玄関に見送りに出た隙に誠之進は藤代に従って裏の柴戸から出た。そのまま塾から離れようとしたとき、藤代に腕をつかまれ、道を外れ、わきの草むらに身を隠した。

ほどなく松陰を乗せている駕籠が出てきたが、護衛の武士が十人ほど、それぞれ提灯を手にして周囲を囲んでいる。

灯りがすっかり見えなくなり、塾から門下たちが帰っていて周囲が静まりかえるまで草むらで伏せていた。

松下村塾から離れ、二人の若者と合流したのは周囲が薄明るくなった頃である。ふたたび田床山に入り、雲水姿から元の着流しに戻ったのだが、昨日とは別の場所だった。

着替え終わると藤代がいった。

「松陰がいっていた薩摩というのは、おそらく脱藩した浪士どもでござろう」

思想だけでなく、行動も過激だという。国許だけでなく、品川宿にもおり、江戸市中において火付け、強盗まがいの押借りをしているという。

「何のために?」

「金集めでござる」

倒幕のためには人も武器も必要になるが、まずは資金を確保しなくてはならない。

「それと水戸の名も出ておりましたが、誠之進殿が斬った百姓だけでなく……」

おそらく品川の一件も父から聞いているに違いない。

「やはり下級の者どもですが、元藩士にござる」

「薩摩、水戸……、それに長州、さきほどの松陰門下ですね」

「いえ」

首を振り、藤代が意外なことをいった。

松陰は地元の弟子たちには見限られているというのだ。老中間部下総守の暗殺を主張したことで持てあまされてしまった、と。

「品川宿にも何人か松陰門下が出入りをしております」

ぎょっとすることを藤代がさらりという。その上で松陰のとなりに座っていた美丈夫を憶えているかと訊かれた。

「ええ」

「あれは久坂玄瑞《くさかげんずい》という者で今年の春まで江戸にいて、品川宿では相模屋《さがみや》に出入りしておりました」

相模屋といえば、大戸屋からそう離れてはいない。土蔵のような造りの塀が目印で土蔵相模と呼ばれている。

「あそこが松陰門下のたまり場なのですか」

「松陰門下、長州藩だけではござらんが」

品川宿は宿場町である上、勤番侍がよく遊びに来る土地である。さまざまなお国訛《くになま》りが飛びかっても驚かれる土地ではない。

「浪士と称する輩は、氏素性が怪しげながら、中にはれっきとした藩士もおります。もちろん身分はたばかっておるものの、藩によってはひそかに後ろ盾となって……」

江戸を発つ直前、松陰を下獄させたのは長州藩が幕府から匿うためであり、長州毛利家が打倒徳川家をひそかな藩是として二百数十年を過ごしてきたといったのは藤代である。

「松陰は三奸と申しておりましたが」

「さよう」

「それでは……」

誠之進の問いかけたことに藤代がうなずいた。

松陰の口から安藤対馬守の名前が出た以上、亀太郎がふたたび肖像を描き、何者かに渡す可能性があるということだ。

「この萩で？」

「それはわかりかねます。ただ一ついえることは、江戸で考えられている以上に人々は行き来をしているということです」

船だなと誠之進は思った。生まれて初めて江戸を離れ、船に乗った。大坂まで三日、萩まででも九日しかかかっていない。街道を歩くことしか考えていなかった自分からすれば、信じられない日数ではあった。

藤代の表情が厳しくなる。

「お助けできるのはここまででござる」

「充分によくしていただきました。心よりお礼申しあげる」

誠之進はていねいに頭を下げた。

西海屋に戻ったときにはすっかり明るくなっていた。玄関先に打ち水をしていたいせと朝の挨拶を交わし、離れへ行った。すでに夜具を片付け、手枕で横になっていた鮫次がのっそりと起きあがる。

「昨夜《ゆんべ》はどうしたんだい？」

「うむ」誠之進は顎を引くようにうなずいた。「いろいろ……、あちこち……」

「そうか」

鮫次はそれ以上詮索しようとはしなかった。

「そちらはどうだった？」

「うん」

鮫次があぐらをかいたので誠之進も腰を下ろした。

「亀太郎の実家は魚勝という魚商だ」

当代は父から長兄へと移っていて、店は長兄が切り盛りし、次兄が漁師をしていた。獲れた魚を干物などに加工し、城下に売りに行くだけでなく、北前船とも取り引きをしているという。

「それだけ人の出入りも多いというわけか」

誠之進の問いに鮫次がうなずく。

「鮫さんのおかげで海を生業とする人々についていろいろ知ることができた」

「いやいや」

照れくさそうな笑みを浮かべた鮫次だったが、すぐ真顔に戻った。

「昨日は長次郎といっしょに出かけて、魚勝に出入りしている連中に話を聞いた。同業だからほとんどは長次郎の見知った奴さ。それであの榎という出来損ないの浪曲師みたいな野郎と……」

鮫次も似たようなことを考えていたようで少しおかしかった。

「もう一人、薄っ気味悪い浪人者がいただろ。あいつらも魚勝に出入りしているようだぜ。榎は元水戸徳川御家中で今は浪々の身と称している」

水戸藩の名は松陰、藤代ともに口にしていた。

鮫次が眉間に深い皺を刻む。

「もう一人が厄介だ。三雲弥介《みくもやすけ》って名を聞いたことがあるかい」

誠之進は目を見開き、まじまじと鮫次を見返した。鮫次がうなずく。

「そう、人斬り弥介だ。江戸にいられなくなって萩まで逃げてきたのかも知れない」

痩せて青白い顔をしており、落ちくぼんだ目が底光りしていたのを思いだす。

あれが人斬り弥介かと胸のうちでつぶやいた。奉行所の与力と手下の岡っ引きを斬ったという噂があった。そのほかにも何人か斬ったといわれているが、いずれも噂でしかない。どこの何者かははっきりせず、顔を見たのは一昨日の夜がもちろん初めてである。

「午過《ひる》ぎになって亀太郎が出かけた。松本村の入口まであとを尾けたんだが、長次郎がそのさきに例の塾があるといってね。あまりうろつくのはうまくないってんで引っ返してきたんだが」

その後、たしかに亀太郎は松下村塾に行っている。

松陰を見ながら一心に手を動かしていた亀太郎の顎からしたたり落ちる汗を思いだした。

あと十日……、いや、九日だと誠之進は胸のうちでつぶやいた。

亀太郎は今生の別れに師の姿を描くのだろう。


その夜、障子の陰から声をかけてきた者があった。

「夜分にごめんくださいまし」

いせだ。鮫次が返事をする。

「はい」

「おやすみでございますか」

ふり返った鮫次に誠之進はうなずいてみせた。鮫次がわざとのように明るい声を出す。

「いやいや、まだ宵の口、どうぞ」

「失礼いたします」

誠之進は座りなおし、鮫次と並んでいせと向きあった。だが、しばらくの間、うつむいたまま黙っているいせを前に誠之進、鮫次ともに何もいわず待った。

やがていせが切りだした。

「昨日、鮫次様が主人といっしょに魚勝さんをお訪ねになったとお聞きしまして」

「行きましたよ」

鮫次がちらりと誠之進に目をくれ、いせに視線を戻した。

「何か不都合でもありましたか」

「いえ」

いせがあわてたように首を振り、ふたたびうつむくのを誠之進はじっと見つめながら思いを巡らせていた。昨日の朝、西海屋を出るときは中庭にいて庭木に水をくれて誠之進を見送り、今朝帰ってきたときには玄関先で打ち水をしていた。たまたま出くわしたといえるし、誠之進の出入りを見張っていたようにも思える。

意を決したように顔をあげたいせが訊ねる。

「もし、お差し支えなければ、どのようなご用向きで……、いえ、申し訳ございません」

いせが今にも泣きだしそうに顔をくしゃくしゃにすると手をつき、頭を下げた。

「いやいや」鮫次が腰を浮かす。「用なんてありませんや。あたしゃ絵師なんぞといってもろくに売れてもおりませんでね。あっちこっちの悪場所でとぐろを巻いてるような次第で。で、長次郎……、いや、ご主人から魚勝の若旦那が最近江戸から帰ってきたと聞いたもので、ひょっとしたらあちらで行き会った御仁ではないかと思いましてね。せっかくここまで来たんだ、ひと言、ご挨拶をと思っただけでさ」

誠之進は割りこんだ。

「おかみにおかれては、何か子細がおありのようだが」

「はあ……」

うなずいたものの、いせが話しはじめるまでにまたしばらく間があった。

「うちと魚勝さんとは代々行き来がございました。うちには私ひとりしか産まれず、魚勝さんは男ばかり五人兄弟でございました。亀太郎さんは末っ子というだけでなく、私と歳も近く、それで……」

いせの大きな眸《め》に行灯の光が映っていた。

「親同士が約束をして亀太郎さんをいずれうちの婿に入れようということになっておりました。亀太郎さんが九歳、私はまだ六つでございました」

西海屋夫婦にどのような事情があったのかをいせは話そうとしなかったが、その頃には二人目の子供が望めないことはわかっていたのだろう。

二人の運命が変わったのは、亀太郎が十四歳で絵師羽様西崖門下となったときからだという。もし、西崖に画力を認められなければ、さらに西崖の師匠筋にあたる京の小田《おだ》海僊《かいせん》に紹介され、師事することがなければ、魚勝の末子は西海屋の入り婿となり、いせと添い遂げていたはずだ。

しかし、京に出て数多くの絵師を知り、古くから伝わる名画の数々を目にした亀太郎に欲が出て、二人の間はますます遠のくことになる。

「ところが皮肉なことに文字通り寝食を忘れて画業に励み、腕を磨くほどに亀太郎さんは自分は何を描けばいいのかわからなくなったのでございます。そしてある日、絵を描くためには詩の心を学ばなければならないということに気づいて、松陰先生のところへ通うようになったのでございました」

一心に語りつづけるいせを見て、誠之進は思った。

ひょっとして今でも亀太郎への思いは変わっていないのでは……。

亀太郎が門下となった頃の松陰はすでに過激な志を抱く行動の人であり、文芸や絵画を一段低いものと見なしていたらしい。ところが、逆に亀太郎の影響を受け、まずは絵に、ついで絵心を知るため詩を探求するようになった。あくまで亀太郎がいせに語り聞かせたことではあった。

昨夜目にした松陰が過激な志を抱いているという点は合点がいった。

「先生から難しい本を借りてきては読みふけるようになって、亀太郎さんの心が萩の地からだんだんと離れていくのを感じるようになりました」

感じていたのは萩《はぎ》から離れようとする亀太郎ではないだろう。

「そのうち亀太郎さんは先生がお書きになった本で長門の烈婦の話を知りました」

くだんの女性は妹の夫に父、妹、弟を殺され、自らの夫も深手を負わされたという。藩に仇討《あだう》ちを申し出て認められ、ついには追いつめて男を自害させたが、自害にもかかわらずさらし首になった。本の中で松陰は女性の行動を激賞し、変革の時代にあってはたとえ女といえども行動を起こすのが肝要だと説いた。三十数年前の事件ながら女性は存命であり、松陰は会いに行き、本にしている。

絵を描くために詩を理解しようとしていた亀太郎は愕然とし、いにしえの豪傑を描いているときではなく、激動、変革の時代である今こそ、同時代を生きる英雄たちを描くべきだと思いたつ。松陰は亀太郎の意志を受け、松下村塾を訪ねてくる有意の人を紹介し、肖像を描かせてもらえるよう話をしてくれただけでなく、各地で活躍している人について教え、紹介の手紙をも書いてくれた。

肖像画家、亀太郎の誕生である。

「先生から無窮《むきゅう》という号を与えられたとそれは嬉しそうに話しておりました。でも、私は先生を、吉田松陰をお恨みします」

「お恨みしますって……、穏やかじゃないね」

鮫次がつぶやき、いせがはっとして顔を伏せた。いせの眸《め》に宿る凄絶な光に誠之進も背筋が冷たくなるのを感じたほどだった。鮫次が探るように言葉を継いだ。

「ひょっとしておかみさんはまだ……」

いせがさっと顔を上げ、きっぱりといった。

「曲がりなりにも主人を持つ身なれば、さようなことはございません」

亀太郎が萩から京、京から江戸へと動きまわるうち、いせとの婚姻話は立ち消えとなり、やがて長次郎を婿に迎えることになったのであろう。

ふたたびいせの表情が曇る。

「ただ、心配なのでございます。松陰先生御門下の方々は江戸でたいそう危ない目に遭っているという話も耳に入るもので」

いせが鮫次を、次いで誠之進を見た。鮫次が顔の前で手を振る。

「あたしらは旅の絵師に過ぎません。さっきも申しました通り魚勝の若旦那とはひょっとして江戸ですれ違っているかも知れないと思っただけで」

「さようでございますか。それで亀太郎さんには会われましたか」

「それが生憎《あいにく》と出かけていて」

近いうちにもう一度と鮫次がいい、ようやく納得がいったような顔つきになったいせが母屋に帰っていった。

いせが出ていったあと、鮫次は得心した様子でつぶやいた。

「なるほどねぇ。長次郎の野郎がうまいことやれたわけだ。いせさんも苦労したようだな」

いせが松陰を恨むといった言葉に嘘はないだろうと誠之進は思った。

しかし、わざわざ誠之進と鮫次に話して聞かせた理由が今ひとつのみこめない。

いま少し様子を見る必要があろう――誠之進は自分に言い聞かせた――松陰が江戸に連れていかれるまで何が起こるかわからない。

四

亀太郎の生家魚勝は、萩湊の東北端に突きだした岬の付け根、こんもり盛りあがった笠山のふもとにあった。店のすぐ前が船着き場になっていて、北前船が湊に入ると艀が着けられ、人と荷がさかんに出入りをした。

船着き場には一枚帆の漁師舟がずらりとつながれており、そのうち七艘が魚勝の持ち物だという。

午《ひる》をまわっていた。誠之進は鮫次とともに魚勝から少しばかり離れた松林の陰で一休みしている体《てい》を装っていた。鮫次が松の幹に肩を寄せて立ち、誠之進はその足元に腰を下ろしていた。二人とも頭に手ぬぐいを載せ、顔の両側に垂らしている。

「それにしても暑いぜ」

鮫次が手ぬぐいで汗を拭ってぼやいた。

ちょうど北前船が入り、魚勝の前には艀が着けられ、荷を下ろしている最中だった。

鮫次は何度か魚勝の近くまで来ていたが、松陰最後の講義の夜以来、亀太郎の姿を見かけていない。その代わり店先で番頭と北前船の船主が立ち話をしているのに行き会い、通りがかりに聞いている。亀太郎は部屋にこもったきりろくに食事もとっていないということだった。

松陰最後の講義から九日が経っていた。誠之進にしてもずっと西海屋の離れにこもっていたわけではなく、画帖を手にあちこち出かけていた。萩湊、松本村、城下と歩いたが、雲水の姿はどこにも見かけなかった。だが、藤代たちはぬかりなく見張りをつづけているに違いない。おそらくすでに雲水の格好ではないのだろう。

西海屋のおかみいせの心を砕いた世話もつづいていたが、誠之進の出入りの際、玄関先や中庭にいて声をかけてくるのも変わりなかった。

「出たぜ」

鮫次がぼそりという。魚勝のわきから亀太郎が出てきたのである。左腕に小さな葛籠を抱え、右手に一枚の紙らしきものを持っている。

「何をひらひらさせてやがんだ」

鮫次が松の幹の陰からのぞきこんでつぶやく。亀太郎の姿をみとめた直後、誠之進は海に目を向けていた。

「じろじろ見なさんな。絵だよ」

距離がありすぎて何が描かれているのかまではわからなかったが、察しはつく。松陰の肖像だ。ほんの一瞬、目にしただけで亀太郎がひどく思いつめた顔をしているのもわかった。

「何で絵なんかひらひらさせてるのかね」

「あんたも絵師ならわかるだろう。おそらく墨か絵の具が生乾きなんだ。だから歩きながら風にあててる」

「なるほど」

鮫次も海に目を向けた。

二人がいるのは浜辺の松林で魚勝からつづく道はすぐ後ろを通っている。風が穏やかなので草履をせわしなく引きずる音が近づいてくるのがわかった。

「来たぜ」

鮫次が海を見たままいう。だが、誠之進は座ったまま動かない。鮫次が焦れた。

「どうしたんだよ。野郎をつかまえないのか」

「いい。たぶん行き先は塾だ」

「葛籠を抱えてるぜ。おそらくあの中にも絵が入っているに違いねえ。ふんづかまえて取りあげねえのかい」

足音がさらに近づき、真後ろにさしかかったのでさすがに鮫次も口をつぐんだ。せわしない足取りは変わらず後ろを通りすぎていく。

鮫次が圧し殺した声で訊いた。

「どうしたんだよ？」

「葛籠の中に入っているのは松陰の肖像《かお》だ」

「なぜそんなことがわかるんだい。品川で取りあげたのと同じ絵かも知れないだろ」

「大丈夫」

誠之進は遠ざかる亀太郎の姿を確かめると立ちあがり、尻についた砂を払った。

「さて、しばらく亀太郎のあとを尾けるとしようか」

「わからねえな」腕を組んだ鮫次が首をかしげる。「塾に行けば、奴の仲間がいるんじゃねえのかい」

「おそらくね。松陰門下が集まっているだろ」

「だったら、どうして？　奴ひとりの方が襲いやすいだろ」

「今夜、おそらく松陰が塾にやって来る」

「どうしてそんなことがわかるんだ？」

「明日、松陰は江戸に移されるんだ。今宵は別れの宴となるだろう」

唸った鮫次だが、やがてつぶやくようにいった。

「そういや長次郎がいってたっけ。松陰って野郎は藩に守られてるんだって。てっきり罪人だと思ってたんだが」

「罪人とはいってもあくまでも御公儀にとってということだ」

そして長州藩は目くらましに使おうとしている。

前を行く亀太郎が明るい日射しに満ちた越ヶ浜を歩きながら海の彼方を見やっていた。後ろを気にする様子はまるでなく、また足を運ぶ調子も変わらなかった。

「やけに急いでやがる」

鮫次がつぶやく。

急いでいるのではなく、気がはやっているせいだと誠之進は思った。いよいよ明日だと思えば、居ても立ってもいられないに違いない。絵が乾く間も惜しんだ理由でもある。浜を離れ、左に山々を見る道に入ると亀太郎がさらに足を速め、田んぼの間の道を進んだ。間もなく松本村に入ろうとしている。

誠之進は鮫次の腕に手をかけた。

「ここらでいいだろう。亀太郎は塾に行って松陰を待つはずだ。暗くなってから近づい

になりそうだ」
「大丈夫。我らは西海屋に戻って、一休みすることにしよう。今夜は寝ずに見張ること
　誠之進は田んぼを見渡した。雲水どころか人っ子一人いない。
　鮫次は半信半疑の様子だ。
「逃がしゃしないかねえ」
た方がいい」

　きびすを返した二人は来た道を引き返しはじめた。


　誠之進はかたわらで大の字になっている鮫次に手をかけ、そっと揺すった。いびきがぴたりとやみ、むっくり起きあがる。

　日が暮れる頃、西海屋を出た二人は松本川東岸まで来て草むらに身を潜めた。見張りは引きうけたと誠之進はいった。そうかといって、ごろり横になった鮫次がすぐいびきをかきはじめる。昼間たっぷり休息していたというのに……。これには誠之進も苦笑いするしかなかった。

　間の抜けたあくびをした鮫次が両手で顔をこすると対岸にちらちらしている提灯の光を見やった。数は十ばかり、南に向かって進んでいる。

　二人がいるところからさらに南に行くと中州があり、橋がかかっている。橋を渡れば

松本村で、さらに東進すると松下村塾があった。

提灯は一列になっていた。先日同様、行列の中ほどに松陰を乗せた駕籠があるのだろう。先頭の提灯が橋にかかっても誠之進は動かなかった。

「あれ、松陰じゃねえのかい」

鮫次が訊いた。

「おそらくな」

「こんなところでのんびりしてていいのか」

「あわてることはない」

「誠さんがそういうんならいいけどさ。それにしてもたいそうな行列じゃねえか。松陰ってのはよっぽど立派な先生なんだな」

「話はうまい。黒船が来て、将軍家が腰を抜かすさまが目に浮かぶようだ」

「泰平の眠りを覚ます上喜撰《じょうきせん》ってか」

鮫次がつぶやく。そのあとはたった四杯で夜も眠れずとつづく。黒船騒動の頃に流行った狂歌だ。上喜撰は宇治の銘茶だが、蒸気船にかけてある。四杯は黒船の数、眠れなくなったのは将軍家ということだ。

ふいに鮫次が起きあがった。

「誠さん、松陰が喋くるのを聞いたことがあるのか」

「獄から出されて、塾で講義をするという噂を聞いた。それで忍びこんだ」

「いつ？」

「十日前」

「あの帰ってこなかった夜か」

答えなかった。鮫次にしても誠之進が答えるとは思っていなかったようだ。ごろりと横になるとつぶやくようにいう。

「公儀隠密となるとやることが違うね」

もちろん藤代のことではない。誠之進は何ともいわなかった。

松陰を運ぶ行列が橋を渡りきり、松下村塾の方へ消えてから立ちあがり、土手をあがると川沿いの道を歩きだした。

夜は深く、蒸し暑い。だが、冷たい風がさわっと首筋を撫でたかと思うと、ひたいにぽつりと来た。

空を見上げた鮫次が低く罵る。

「あっ、降ってきやがる……」

言い終わらぬうちに鮫次を蹴り飛ばした誠之進はキセル筒を抜き、躰を反転させた。すぐ背後に迫った黒い影が撃ちこんできた大刀を受けた。

火花が散る。

榎だった。

身を起こしながら受けた大刀を押しかえし、榎の股間を蹴りあげる。

「ぐえっ」

絞りだすように息を吐いた榎の手が緩む。誠之進はキセル筒をひねって、大刀を弾きとばすと右肘を榎のこめかみに叩きこんだ。

そのとき、稲光が辺りを白く照らしだした。

目の隅にとらえたものに誠之進は戦慄した。

三雲弥介。

右足を大きく踏みだし、顎が地面に触れそうなほど上体を前のめりにしている。右手は大刀の柄を握り、鐺《こじり》が天を突いていた。まだ抜刀してはいない。

ほんの一瞬だったが、不気味な構えは目に焼きついた。

薩摩の暗殺剣については聞いたことがあった。躰を極端に低くして突っこんできて、刃を下向きにした大刀を抜き、斬りあげてくる。この第一撃がめっぽう速い上に二間ほども延びる。下から入ってくる剣は間合いが読みにくいだけでなく、大きく延びるので後ろへ跳んでも無駄だ。

しかし、その第一撃をしのがねば活路はないともいわれた。

ふたたび雷光が閃き、突進してくる三雲が浮かびあがった。

三度目の閃光《せんこう》――三雲の白い顔と、大刀を鞘ばしらせる右手が眼前に迫った。

「きええぃ」

甲高く、鋭い気合いが雷鳴を切り裂く。

踏みこんだ誠之進は地を摺《す》って迫りくる抜き撃ちにキセル筒を合わせた。

火花が散り、衝撃が右腕から脳天まで伝わった。

「ん、ぐっ」

唸る三雲のねっとり熱い息を頬に感じた。

からくもキセル筒は大刀を受けとめていたが、圧しあげてくる刃勢に右腕が痺《しび》れてきた。だが、キセル筒を持ち替える余裕などあるはずもない。草履を履いたままゆえ、刃勢に圧され、じりっと後退した。

食いしばった歯の軋みがこめかみに響く。

もはやこれまでと思いかけたとき、左足が滑り、片膝をついてしまった。すかさず上段に変わった三雲が打ちおろしてくる。一撃、二撃とキセル筒で受けたものの、ずしりとした斬撃が腰に来て、躰が縮んでしまいそうだ。

「誠さん」

鮫次の声が耳を打ち、大刀が足元に突きささった。ほとんど同時に三雲が上段に振りかぶった。

夢中だった。

奇声とともに振りおとされる白刃をキセル筒で受けつつ、大刀の柄を左手でつかむ。逆手で引き抜き、相手が次の一撃のために振りあげるのに合わせ、躰を預ける。逆《さか》切り落とし。

三雲が振りおろす刀に合わせ、誠之進は逆手に持った大刀で斬りあげた。

稲光が周囲を真っ白に照らし、雷鳴は地面を揺らす。

そのときに見えた。

少し離れた大木の陰に立っている女が白い顔をして目を剥いている。

西海屋のおかみ、いせに他ならない。

前のめりに倒れこむ三雲と躰《たい》を入れかえた。

うめき声を発して榎が躰を起こしかけた。そばに立った鮫次が両手に持った大刀の鞘を振りあげた。

「この野郎」

叫びつつ思い切り脳天に打ちこむ。

ぐうと声を漏らした榎がそのまま動かなくなる。

大刀を捨てた誠之進はいせに近づいた。鞘を手にした、鮫次がつづく。

いせは身を翻すとふり返りもせずに駆けさっていった。

越ヶ浜に沿う道を亀太郎が一人で歩いていた。昨日とは打って変わり、うつむいて草履を引きずる足取りがひどくのろのろしていた。

松陰を乗せた駕籠は、夜が明けきらないうちに松下村塾を発った。人目をはばかったのだろう。門下たちは玄関のうちで見送った。誠之進は鮫次とともに少し離れた木立の中から師弟の別離を見つめていた。

門下たちが一人、二人と出てきたのは、すっかり明るくなってからである。最後に痛々しいほどに憔悴《しょうすい》しきった亀太郎が姿を現し、湊に向かった。

周囲を警戒し、誠之進たちは距離をおいて亀太郎のあとを尾けた。

人家が途絶え、人の姿がないことを確かめると一気に間を詰めた。足音に気づいた亀太郎が足を止め、ゆっくりとふり返る。誠之進と鮫次を見ても驚きの色は見せなかった。

ぽつりといった。

「やっぱりあんたらか」

抑揚を欠いた声でいうと、亀太郎は海に顔を向けた。目を細める。

「いせから聞いていた。江戸から来た絵師が二人、私を見張っていると。一人が大柄な蛸入道みたいだといわれて……」

「何を」

　鮫次が袖をまくったが、亀太郎に動じた色は見られなかった。

「ひょっとしたらと思ったが、絵師だというのが解せなくてね。それでいせにいってお父っつぁんに一席もうけてもらうように仕向けたんだ。あんたらが描いた絵も見せてもらった。達磨はひどいものだったが、荒海を渡る蝶々は……」

　亀太郎がふっと笑った。いやな笑い方だ。

「そこそこだったかな」

　となりで鮫次が顔を真っ赤に染め、息を荒くしていたが、相変わらず気にする様子を見せずに亀太郎が誠之進に目を向けた。

「夕凪は……」

「死んだ」

「喜八も？」

　何もいわずにうなずいた。喜八は大刀を落とし差しにし、浪人風を装っていたが、水戸の逃散百姓だ。剣術の心得などなかった。

　わずかの間黙りこんだ亀太郎だったが、やがてうなずき返した。ため息を吐き、ふたたび海に顔を向ける。

「初めて先生に会ったときにいわれたんだ。詩など何の価値もない、とね。がっかりした。その頃、私は自分の絵に絶望していた。何を描いてもまるで気に入らなかった。それで評判の松陰先生を訪ねて、詩を学ぼうと思ったんだ。詩心があれば、絵も変わると信じた。だけど詩に価値がないといわれただけでなく、絵など歯牙にもかけないといった感じだった」

亀太郎がうっすら笑う。

「よほどがっかりした顔をしてたんだろうな。可哀想に思ってくだすったんだろう。蔵書のうちから幾冊か詩編を選んで私の前に並べてくれた。いずれも豪傑を謳《うた》ってあるといわれてね。さあ、あなたならどれを選ぶかと訊かれた」

また、亀太郎が言葉を切った。初めて松陰に会った日を思いだしているようだ。

「あなた、だ。それまで一度もあなたなどと呼ばれたことはなかった。ましてや誰もが尊敬してやまない松陰先生が、この私をあなたと呼んでくだすったんだ。驚いたし、感激もした。先生は門下の誰に対しても等しくあなたと呼びかけるお方だ」

低く罵声を漏らした亀太郎が足元の砂を蹴った。

かすかに風が出てきて、海霧を払っていき、水平線までくっきり見通すことができるようになった。

「私はそのうち三冊を借り受け、数日かけて夢中になって読んだよ。それからしばらくして先生はいったんだ。激しい情念を奮いたたせるのに豪傑の詩にまさる言葉はない、人を動かすのは言葉だとね。これまで本気になって詩を読めずに来てしまったが、あなたのおかげで詩に目覚めることができたとお礼をいわれたよ。感激のあまり、私はぼおっとなってしまった。だけど、本当に人を奮いたたせたのは、いにしえの英雄豪傑を謳った詩ではなかった。先生の言葉こそが皆の心に火を点《つ》けた」

それがよくなかったと誠之進は胸のうちでつぶやいた。

あの夜、庭の下草の間から目にした松陰の姿が蘇る。松陰の言葉は聞く者の耳から入り、肚の底に落ちて芽吹き、根を張る。だが、あの温かみのない、酷薄一途の眼差しはいただけなかった。

背筋を走った戦慄は誠之進の直感に他ならない。

「私は先生が書かれたとわ女の物語を読んだ。妹を殺し、自分の亭主を傷つけた、妹の元亭主を仇と狙い、ついに自害に追いこんだ女傑だ。先生はとわ女が存命の頃に会い、言葉を交わされている。それを聞いたとき、いくら英雄でもとっくに死んだ者を描いても意味はないと悟った。今を生きる英雄をこそ描かねばならないと思ったんだ」

「だから松陰を描いた」

誠之進の言葉が鋭く突きささったように亀太郎が顔をしかめた。だが、相変わらず目は海に向けたままだった。

「先生はご自身を白い鴉《からす》だといわれたよ」

鮮やかな光景が脳裏に蘇った。歩行新宿の入口で木の枝にとまっていた一羽の白い鴉の姿だ。誠之進を睨みつけ、真っ赤な口を開いて鋭い声を浴びせてきた。

「白い鴉は黒い鴉に混じっては生きられない。だが、白く生まれついてしまった以上、白い鴉として生きるしかない。いくら望んでも黒くはなれないのだといって笑っておられた。私も自分をごく当たり前の黒い鴉だとは思えなかった。だけど先生のように純白にはなれそうもなかった。中途半端で、薄汚い灰色だ。だから白い鴉を探しては、下手な絵にしていただけだ。先生だけじゃないな。私は夕凪にも喜八たちにもほかの塾生にもなれなかった」

亀太郎が躰ごと向きなおった。

「手遅れだよ。お前たちが奪った絵は二組あったんだ。一組はしかるべき人に渡っている」

「誰に……」

「教えると思うか」

不敵な面構えで吐きすてる亀太郎を誠之進はじっと見つめていた。

第五話　白い鴉

一

品川宿法禅寺裏にある長屋の障子戸を開けるなり鮫次がいった。

「よお、珍しくいるじゃねえか」

誠之進は起きあがったものの、夜具をひっかぶったままというずぼらを決めこみ、大あくびをした。月代《さかやき》の際《きわ》を右の薬指で掻きながら答える。

「久しぶりだ。だけど寒いんでそこを閉めて上がってくれ」

「上がってって……」

苦笑しながらも鮫次が戸を閉め、框に腰かける。三畳一間は夜具を敷けば、いっぱいになる。

「どうしたんだい？　昼日中から布団なんぞかぶって。どこか塩梅《あんばい》でも悪いのか」

「いや、すこぶる達者だ」

また、あくびが出る。出物腫れ物所嫌わずとはよくいったものだ。

「二度ばかりのぞいたんだが、留守だったな」

「おれも食わなきゃならないからね。あっちこっち出歩いてる。鮫さんは品川にはよく来るのか」

えへへと笑って、鮫次が目尻をにゅっと下げた。

「ほら、玉木屋のおしま。誠さんのおごりで流連《いつづけ》したろう。あれ以来、すっかり馴染みになっちまってね。月にいっぺんか二へんは来てるんだ。肌が合うんだな」

鮫次の表情が引き締まった。

「ところで聞いたかい？　見事な抱え首だったたって話じゃねえか」

「うむ」

誠之進はうなずいた。

安政六年十月二十七日、吉田松陰は斬首された。刑を執行したのは首斬り名人こと山《やま》田《だ》浅《あさ》右《え》衛門《もん》である。端座し、前にのべた首筋に大刀を一閃させると、首は膝の上に落ち、ちょうど抱えるような格好になったと評判を呼んだ。

浅右衛門の手際が見事だっただけでなく、松陰が首を斬り落とされながら微動だにしなかったことを意味する。強固無比の意志を表しているといえた。

萩から移送されて半年、幕府は松陰に対し、苛烈な取り調べを行った。松陰が無言だったわけではない。むしろとうとうと持論をまくし立て、獄舎はさながら松下村塾の再現であったといわれる。しかし、門下や同盟者についてはひと言も漏らすことがなかった。

そうした話が漏れ伝わってくるたび、誠之進は萩で見た松陰を思いだした。きっちりと結った総髪、殺《そ》げた頰に尖った顎、鋭い光をたたえる吊りあがった目が自然と浮かんでくるのである。

因習にとらわれ、異国に対抗できる砲を持たない幕府や諸藩を壊さなくてはならないといった。

誰がやるか、と松陰が訊き、間髪をいれず自答した。

『私だよ。そしてあなた方だ』

誠之進は話を変えた。

「ときに狂斎師はお変わりないか」

「元気だよ」鮫次がちらりと笑みを浮かべる。「後添えをもらったばかりだからね。やたら張り切ってやがる」

夏ごろ、河鍋狂斎は病で妻を亡くしている。

「誠さんも後添えの面ぁ見てるぜ。画塾に来たとき、座敷へ案内したから」

「あの人が後添えとなったか」

鮫次の付け馬となって神田明神近くにある狂斎の画塾を訪れたとき、応対に出てきた若い娘と会っている。くりっとした目で物怖じしないところがあり、鮫次を歯切れよくぽんぽんやっつけていたのを思いだした。

「それはそうと、おれに何か用かね」

「用ってほどのこともないんだが、萩の長次郎を憶えているだろ。野郎、西海屋をおん出たって話だ」

「どうして、また?」

鮫次が禿げ頭を掻き、わずかの間下唇を突きだす。

「おいせさんが不義を働いたって話だ。女房が不義となりゃ、相手の男ともども重ねて真っ二つにされても文句がいえる筋合いじゃねえが、何しろ西海屋のひとり娘だからね。長次郎にすりゃ、自分が出ていくよりなかった」

鮫次が目を細め、誠之進を見た。

「相手は誰だと思う?」

「亀太郎か」

松本川のほとりで水戸の脱藩浪士を名乗る榎某と、人斬り弥介こと三雲弥介と対峙したとき、いせは近くの木立にいた。榎、三雲に誠之進たちの動きを知らせ、手引きをしていたに違いない。雷光に浮かんだ白い顔が脳裏を過っていく。

鮫次が言葉を継いだ。

「おそらく密通じゃねえだろう」

「気持ちが通じている方が許せないこともある」

「そうかも知れない」鮫次がうなずき、目を伏せた。「だが、おれはどうかと思うね。長次郎にとってはかえって都合がよかったんじゃねえか。あいつは萩なんぞでくすぶってるような奴《タマ》じゃねえ。世の中、これだけ動いてるんだ。大坂か江戸に出りゃ、大儲けの口がいくつも転がってる。あの野郎が指ぃくわえて見てるとも思えねえ。はしこい商売人だからな」

長次郎という男は萩に行く前、江戸、横浜で商売をしていたと鮫次から聞いている。

「なるほどねえ」

「本当のところはわからねえけどな。さて、せっかくここまで来たんだ、近くで鍋でもつついて躰を温めねえか」

一瞬、立ちのぼる湯気さえ見えた気がした。首を振る。

「申し訳ないが、これから出かけなくちゃならないんだ」

「そうか。そいつは残念だが、今日のところは誠さんの顔を見られたことだし、それでよしとするか。また近くまで来たら寄らせてもらうよ」

「すまん」

「いいってことよ」

落胆した様子もなく立ちあがった鮫次が長屋を出て行った。

しばらくの間、あぐらをかき、掛け布団を頭からかぶって戸口を見ていた。夜具にこもった温もりが何とも心地よい。

顎が落ち、はっと目を開いた。

「いかんぞ」

わざと声に出し、掛け布団をはねのけ、立ちあがる。胴震いが来て、くしゃみ一発。おかげで目が覚め、手早く袷の小袖を羽織って帯を締め、三和土に降りて雪駄をつっかけた。


東海道を芝に向かって歩き、本宿、歩行新宿《かちしんしゅく》と抜けると右は浜になる。さえぎるもののない洋上を渡ってくる風は冷たさが増し、首をすくめ、両手を袖の中へと引っこめた。

目を左に転じ、歩行新宿の外れにある一本の松を見やった。いつか白い鴉がとまり、誠之進を睨みつけて鋭く一声を浴びせてきた松だ。嘴から爪先まで白いのに口の中だけが生々しく赤かったのをまざまざと思いだす。

ちゃんと生きながらえているだろうか……。

白い鴉は黒い鴉たちに爪弾きにされ、餌も満足にとれないために短命だと聞いたことがある。

吉田松陰が自身を白い鴉にたとえたといったのは亀太郎だ。

『白く生まれついてしまった以上、白い鴉として生きるしかない』

抱え首の話を耳にしたとき、松陰は白い鴉の天寿をまっとうしたような気がした。

亀太郎が磐城平藩主安藤対馬守の肖像と、登城に際して上屋敷を出るときの様子を描いた絵を何者かに渡したといったが、渡した相手が誰なのかは口にしなかった。江戸に戻ってから探しつづけているが、手がかりすら得られていない。

寒風を低く罵りつつ、ようやく浜を抜け、薩摩藩の中屋敷の前を通りすぎると路地に入った。わずかでも風がさえぎられるのはありがたかった。路地の入口から三軒目、右にある〈研秀〉と書かれた障子戸を開ける。

いつも通り入って右にある作業台に向かって研ぎ師秀峰が刀を研いでいた。後ろ手に戸を閉め、その場で待つ。躰はすっかり冷え切っていて、首をすくめ、胴震いをした。

しばらくの間、秀峰の仕事ぶりを見ていた。砥石の上で大刀を動かしては、障子越しに射すやわらかな光を刀身に受け、片目をつぶって点検するのをくり返していた。ようやく満足したのか刀身を桶に汲んだ水で洗い、かたわらに置くと立ちあがった。

「痛《いて》て」

伸ばそうとした腰に手をあて、秀峰が顔をしかめてうめいた。何とか躰を伸ばすと誠之進に目を向け、情けない笑みを浮かべた。

「寄る年波には勝てないな」

「冬は辛い仕事だ」

誠之進の言葉にうなずき、作業台を見下ろす。

「砥石《いし》も冷たきゃ、水もだ。夏場は刀鍛冶にうらやましがられるが、冬はあっちがうらやましい」

作業台の前を離れた秀峰が畳を敷いた一角に上がり、神棚に一礼したあと、その下に置いてある刀箪笥を開けた。抽斗から大小と銀色のキセル筒を取りだし、誠之進の前に戻ってくる。

二尺三寸の大刀は長曽禰興里、通称虎徹《こてつ》、小刀は一尺六寸で根本国虎、そしてキセル筒は秀峰の三男の作だ。大小を帯に差し、下げ緒をしっかり結ぶとキセル筒を手に取った。

「昨日、倅が置いていった。銀を張り替えて彫りなおしたそうだ」

数日前のこと、秀峰がキセル筒がひどく傷ついているのを見とがめ、息子に修理させるといって誠之進から取りあげた。数度にわたって斬撃を受け、胴に施された精緻な彫刻が剝がれて、ところどころ芯の鋼がのぞいていたのである。

誠之進はキセル筒をしげしげと眺めた。胴の彫刻は元通りになっていた。

「息子さんは怒ってたろうな。せっかくの細工を台無しにしてしまったんだから」

「いや、傷を見るなりお役に立てたようだと嬉しそうな顔をしたよ」

意外な言葉に誠之進は目を上げた。秀峰があぐらをかいてタバコ盆を引きよせた。キセルを取り、刻んだ葉を詰めながらいった。

「わざと傷がつくようにやわらかな銀を使ってる」

「わざと？」

「相手の刀を受ければ、刃が銀に食いこんでからめとれる」

「なるほど」誠之進は大きくうなずいた。「たしかにその通りだ。役に立ったどころか、何度も命拾いをした。よくお礼を申しあげてくれ」

キセル筒を腰の後ろに差す。

秀峰は膝を崩し、あぐらをかいた。

「昨日の夕方、薩摩の連中が三人ばかり来た」

品川から研秀に向かってくると手前に中屋敷があり、さらに先へ行った芝には藩邸がある。客には薩摩藩士が多い。

「品川宿に薩摩出身の浪人どもが集まって、でかいことをやるんだと息巻いているそうだ。昨日来た連中は勤番でね、この頃品川に遊びに行けなくなったってぼやいてた」

秀峰が顔をしかめ、首を振る。

「武士がべしゃべしゃ喋ってるようじゃ世も末だが、気をつけた方がいい。昨日の三人は三人とも寝刃《ねたば》をあわせに来た。どこかで血の雨が降るかも知れない」

誠之進はうなずき、礼をいった。


芝から舟に乗り、箱崎町まで来た誠之進は小網町の稲荷社《いなりしゃ》に向かった。

小網稲荷社は四百年以上の歴史があり、その後、慶長年間にときの領主によって名づけられ、町名の由来ともなったと聞いた。かれこれ半年近く、前を通りかかるたびに参拝している。

社殿の前に立ち、二礼、二拍手の後、手を合わせて瞑目した誠之進は胸のうちでつぶやいた。

さて、何と祈念したものか。

今こそ磐城平安藤家中の安泰を祈るべきなのだろうが、どこか白々しく、とってつけたようで御利益もないような気がする。迷っているうちに目を開け、手を下ろしてしまった。社殿を見上げ、一礼してきびすを返した。

境内を出て、左へ向かう。通りはひっそり静まりかえっていて、人影は一つもなかった。周囲は大名屋敷ばかりで人通りはほとんどなく、昼日中でも女の一人歩きは危ないとまでいわれている。

磐城平藩の上屋敷はこの地にあった。裏門の番小屋を通って敷地内に入ると役宅が建ちならぶ一角に向かった。そのうちの一軒の門をくぐる。竹箒《たけぼうき》を使っていた中間《ちゅうげん》が手を止め、声をかけてきた。

「お帰りなさいませ」

「ただいま……、自分の屋敷でもないのに何だか図々しい気がするね」

中間が苦笑する。

「もう半年でございますからね。いらっしゃいませというのもおかしゅうございます」

「それはそうだが……、小薬《こぐすり》殿はもうお帰りか」

屋敷の主は御刀番小薬平次郎《へいじろう》という。

「いえ、まだでございます。今宵は会合のあと、酒になるので、お戻りは夜半だろうといわれております。司様には遠慮なく先におやすみくださいとのことでございました」

「あいわかった」

玄関に入り、中間が用意したたらいで足を洗うと、誠之進は自分にあてがわれている部屋に入った。大小を取って刀掛けに置く。

小薬と、誠之進の兄——江戸詰側用人津坂兵庫助とは旧知の間柄である。小薬の屋敷で起居するように命じたのは兄であった。

萩から帰ってきたあと、兄と父に顚末を報告した。

松浦松洞《まつうらしょうどう》こと亀太郎が磐城平藩主安藤対馬守の肖像と、登城のため上屋敷を出る様子を描いた絵を二組用意していたこと、一組は品川で誠之進と鮫次が奪い取ったものの、もう一組はすでに何者かに渡したといったことも告げた。真偽のほどはわからないが、世の中は騒然としており、警戒を怠るわけにはいかなかった。

吉田松陰が三奸として藩主の名を挙げたことを報告したときには、兄、父ともに暗い表情でうなずいた。さらに三奸を取りのぞくため、薩摩、水戸、長州の有志が動きはじめているともいっていた。

品川の茶屋で会い、萩で行動をともにした藤代がいうには、松陰のいう薩摩は国許と江戸に巣くう浪士だ。過激な思想を抱き、暗殺、放火、押借り——献金強要だが、強盗と変わるところがない——を働いている連中である。

父にすべてを報告してしまえば、あとは品川宿に戻るのだろうと思っていたが、兄が予想だにしなかったことを命じた。

藩主《との》の護衛に加われ——。

もちろん誠之進が四六時中藩主のそばについているなど、立場からいって不可能だ。そもそも津坂家次男に過ぎない誠之進は役職どころか、名前すらないも同然、藩の書類上では津坂兵庫助弟に過ぎない。そこでせめて登城、下城時の行列に加えてもらえるよう御刀番の小薬に相談したのである。

御刀番は中小姓の一役で、文字通り佩刀《はいとう》を預かる役職だが、身辺警護役でもあった。とくに登下城の際には藩主の乗物《のりもの》——重厚な造りゆえ、駕籠ではなく乗り物という——の右前に立ち、周囲に目を光らせる。行列は五十名ほどだが、駕籠まわりを武芸に秀でた手練《てだ》れで固めており、小薬もその一人であった。

絵の行方を追うのが藩にとっても誠之進にとっても手に余る以上、残された唯一の方法は藩主の側について襲撃者を見つけるしかないと兄がいった。万々一、誠之進の見知った顔があれば、その者が襲撃者である可能性が高いというわけだ。また、登下城の行列に加えるといいだしたのは亀太郎が上屋敷を出る藩主の様子を描いていたからに他ならない。

果たしてうまく行くのか。

はなはだ心許なかったが、ほかにうまい方法は誠之進にも思いつかなかった。

御側御用を勤める兄が画策し、小薬の協力を得て、行列の際、誠之進は小薬のすぐ後ろに控えることになった。

小薬邸で起居するようになって、すぐに屋敷での堅苦しい生活に息が詰まった。二つ年上ながら気さくな人物で酒好きでもあり、うまが合うのが救いだ。しかし、二年におよぶ品川宿での気ままなひとり暮らしは、思った以上に深く躰に染みこんでおり、かつてはごく当たり前にこなしていた日常の所作一つひとつが気詰まりで仕方なかった。

登下城の警護にしても決して楽とはいえない。小網町の上屋敷から江戸城大手門まで半里ほどだが、若年寄の重職にあるため、毎日登城する必要があった。何より重苦しいのは、この役目がいつ終わると知れない点である。しかも秀峰が警告したように日に日に不穏の空気は濃密になっている。

たまたま今日は藩主の登城がなかったため、誠之進は昨夜のうちに品川宿に帰り、大いに羽を伸ばしてきたのだった。

ごろりと横になり、手枕をする。いくら気さくな人物とはいえ、主がいなければ、やはり気楽ではある。

間の抜けたあくびをし、顎の下をぼりぼり掻いた。昨夜はたっぷり寝たにもかかわらず、ふっと眠気が忍びよってくる。

逆らわず目をつぶった。

二

小薬という姓にもかかわらずゆうに六尺を超える。背丈だけなら鮫次も負けていない。

しかし、ぶよぶよの鮫次に対し、小薬の全身は隙間なく筋肉で鎧《よろ》われている。膂力は五人力とも七人力ともいわれるが、小薬自身がいささか憮然としてそんな化け物がいるなら会ってみたいという。

だが、今朝は顔色が悪かった。起き抜けから水ばかり飲んではおくびを漏らしており、結局何も食べないまま、屋敷を出てきた。

並んで歩きながら誠之進は小薬の横顔を見た。

「昨夜《ゆうべ》はずいぶん過ごされたようですね」

「御家老が贔屓《ひいき》にしている夏井川関《なついがわぜき》を呼んでね」

磐城平の生まれで関脇《せきわけ》という。

「座興で飲み比べとなった。向こうは国の名だが、こっちは家名を背負わされた。逃げるわけには……、御免」

わきの足軽長屋の間へ首を突っこんだかと思うと派手に嘔吐《おうと》した。何ごとが起こったのかと飛びだしてきた足軽の女房が長屋の間から突きだされたあまりに巨大な尻に目を丸くしている。

二度、三度と立てつづけに吐いたあと、小薬が天を仰いだ。次いで懐から手ぬぐいを出して口元を拭い、びっくりしている女房に詫びて戻ってきた。

「大丈夫ですか」

「ようやくすっきりした。できれば、屋敷で済ませたかったんだが」

小薬がふり返り、戸口に立ち尽くしている女房に片手拝みをしてもう一度小さく頭を下げた。まだ顔色は悪かったが、表情は少し落ちついた。

「どれくらい飲まれたんですか」

「さて。互いに一斗樽《いっとだる》を一つずつ空にしたところまでは憶えているんだが、あとは……」

勝敗についてはあえて訊かなかった。

上屋敷まで来ると玄関前には乗り物が着けられ、先触れを勤める槍持ち、挟み箱持ち、足軽衆は片膝をついて玄関に向かっており、羽織袴姿の警護役たちも乗り物のまわりに集まっている。警護役はそろって小薬を見てにやにやしているところを見ると昨夜の宴席について顚末を聞いているのだろう。

小薬がぼそぼそと挨拶をし、誠之進は後ろについて会釈をしながら進み、定位置である乗り物の右前についた。

片膝をつき、顔を伏せて待つ。

しばらくして藩主安藤対馬守が出てきた。もっとも誠之進はさらに深く頭を下げたため、直接顔を見たわけではない。かれこれ半年近くになるというのに一度も藩主の顔を見たことがなかった。

乗り物の前まで来た足音が止まった。今までにないことである。

「平次郎」

やや甲高い声が頭上から降ってきた。

「はっ」

小薬がかしこまる。

「頼母《たのも》から聞いたぞ。ゆうべは見事夏井川をうっちゃったそうだな」

瀬川《せがわ》頼母が江戸詰家老の名である。

「はっ」

「褒めてつかわす」

「ははっ」

藩主がくっくっくっと笑うのが聞こえた。おそらく小薬が脂汗をにじませ、かしこまっているのを見ているのだろう。

「津坂……、いや、司《つかさ》誠之進とやら」

危うく口から飛びだしかけた心の臓を何とか抑えこんで声を出した。

「はっ」

「苦しゅうない。面《おもて》を上げい」

「はっ」

顔を上げ、藩主と目が合ったとたん、誠之進は思わず声をあげそうになった。面長で顎の尖った顔は亀太郎が描いた肖像そのままだったのである。だが、表情はいたって明るく肖像に描かれていた憂悶、怯懦ともになかった。

「兵庫助から話は聞いておる。ご苦労だが、今しばらく頼むぞ」

「ははっ」

誠之進は顔を伏せ、頭を下げた。

藩主が乗り物に入ると周囲にいた者は一斉に立ちあがった。


表門の大木戸が門番たちによってゆっくりと内側へ開かれ、槍持ち、挟み箱持ちが先頭となって上屋敷の外へと出ていく。

行列は藩主の乗った乗り物を中心として、乗り物まわりを警護役の大小姓、目付、徒士あわせて二十名ほどが囲み、前後を十六名ずつの徒士、しんがりを徒士目付が勤めた。

乗り物は漆塗りで引き戸がつき、前後の担ぎ棒は二人ずつで担い、さらに前棒には綱が結ばれ、先行する二人が引くようになっている。担ぐだけなら四人でも充分だが、万が一襲撃された場合、速やかに離脱するため、合わせて六人がつけられていた。乗り物まわりを囲む二十名のうち、半数は徒士だ。大小を帯びているが、襲撃を受けるなどして担ぎ手が逃げだしてもただちに交代できるよう備えている。

誠之進は乗り物わきで小薬の後ろを歩いた。

亀太郎がいかにして藩主登城時の様子を描いたのか不思議に思ったものだが、藩主護衛についた初日に疑問は解消した。何のことはない、藩主の行列が上屋敷を出発するとき、門の前には二十人ほどの見物人が待ちかまえているのだ。

もっともこれは登城時にかぎられ、下城してきたときに見物人はいない。登城は毎日辰の正刻と決まっているが、帰りがいつになるかは日によって違うためである。一応、下城は未の初刻とされているものの、若年寄ともなれば、定刻通りに城を出られるとはかぎらない。夕方、うす暗くなってから出ることが多かったし、ときに深夜になり、そのまま城中に宿泊する場合もあった。

行列は屋敷の塀に近いところを進み、見物人が隣接する酒井雅楽頭《さかいうたのかみ》邸の塀を背にして一列に並んでいる。誠之進は一人ひとりを見ていく。今のところ、見知った顔に出会ったことはなかった。

登城時に待ちかまえているのは、磐城平藩への仕官を希望する者が多い。春夏秋冬、雨、雪をものともせず毎日並びつづけることで顔を憶えてもらい、忠義ぶりを認めてもらおうというのだが、藩の台所事情は厳しく、新たに召し抱えるだけの余裕はない。中には三年、五年と並びつづけている者さえいると聞いた。

塀が途切れ、左に小網稲荷社が見えるようになると左右を警戒しなくてはならない。乗り物の右についている警護役は右を、左は左を警戒するのだが、誠之進は左右を均等に見張った。

　警護役は徒士もふくめ、全員が大小をたばさんでいるが、そろって柄袋《つかぶくろ》をつけていた。柄袋は革製で柄頭から鍔までをすっぽり包み、革紐でしっかり口を閉じている。雨や雪を防ぐためだが、厳重に柄袋をかけてすぐに抜けないようにしてあるのは、天下泰平の証でもあった。

　誠之進は気に入らない。

　いざというとき、抜刀するのに手間取るからだ。口を閉じている革紐が濡れていれば、解くだけでも手間を食ってしまう。そのため柄袋はかぶせてあるものの紐は結んでいなかった。いざというときには柄袋ごと柄を握りこんで抜ける。

　一行は日本橋川沿いを進み、一石橋を渡って常盤橋に達した。この辺りまで来ると見物人の数もぐっと増え、天気のいいときには百人を超えることさえあった。手にした横長の冊子——略武鑑といい、各大名の家紋や槍印、行列の格式などが記されていた——と首っ引きで行列を眺めている者も多く、そうした連中をあてこんだうどんや甘味の屋台まで出ている。

　警護役が一斉に緊張するのは、ごくまれに訴状を手に駆けよってくる者があるときだ。大名への直訴が認められている。中には帯刀した者もあるし、懐に短筒をのんでいないともかぎらない。いくら公認されている行為とはいえ、緊張は一気に高まる。

常盤橋御門から城壁のうちへ入るととりあえずはほっとする。一行はそのまま大手門の前まで行き、そこで藩主が降り、あとは一人、徒歩で城内に入る。広大な江戸城とはいえ、内堀の中にすべての大名行列を受けいれるだけの土地はない。

片膝をついて藩主を見送り、その姿が門の内側へ消えるとようやく緊張が解けた。立ちあがった小薬が首を左右に倒し、両肩を回したあと、ほうっと息を吐くのが聞こえた。


翌日、誠之進は父の隠居所に呼ばれた。

「何しろいきなりでしたからね。魂消るというのはあのことですね」

昨日、登城に際して本邸玄関前で藩主に声をかけられたことを話すと、父は実に嬉しそうな笑顔を見せ、何度もうなずいた。

「そうか、そうか、殿がお前にお言葉をなぁ」

その様子を見ているうちに誠之進は尻がもぞもぞするような落ちつかない気分になってきた。

いつの間にこんなに歳をとったんだ？

月に一、二度、下屋敷の近所にある父の隠居所に呼ばれている。経過報告をしろということだが、登下城に従って歩いているだけで格別報告すべき何ものもない。要は暇つぶしの相手をしろというのだ。

「それより驚いたのは、亀太郎の描いた絵がまさに生き写しだったことです」

とたんに父は唇をへの字に曲げた。

「殿の顔を見るのは初めてではなかろう。元服の折、御目見得しているではないか」

「あのときはずっとひれ伏しておりました。面を上げよといわれても殿の顔をのぞきこむような真似をするなといわれたのは父上ですよ」

「そうだったかな」首をかしげた父だったが、すぐに気を取り直した。「まあ、昔のことはどうでもいい。それでお前の見知った顔を見かけたことは？」

「ございません」誠之進は首を振った。「しかしながら襲うとすれば、江戸城《おしろ》に入る直前、常盤橋の手前あたりではないかと。何しろ百人から見物人もおりますからその中に紛れこむのは難しくないでしょう」

「まして登城は刻限が決まっておるからな」

「それでも無理ではないですかね。こっちは五十人が守りについておりますから」

「たしかに簡単ではないだろうが、ゆめゆめ油断するでないぞ」

「はい」

「ところで、小薬屋敷の居心地はどうだ？　暇なときは剣術の稽古でもしてるかね」

「いえ、一度も」

「どうして？　もったいないだろう。小薬といえば、練兵館《れんぺいかん》で鳴らした男だ。神道無念《しんとうむねん》流《りゅう》を学ぶ絶好の機会ではないか」

「小薬殿もなかなかにお忙しく、ご帰宅はいつも遅くなってからです。たまに一献《いっこん》かたむけるときはありますが」

「あの男も酒が好きな上に強いからな」

さすがに関脇夏井川と飲み比べをした話までは昨日の今日で父には伝わっていないようだ。

誠之進は身を乗りだし、低声《こごえ》でいった。

「吉田松陰が斬首されたという話はお聞き及びですか」

「見事な抱え首だったという噂が市中に流れておるが、その手の話はためにするというか、不逞の輩をあおるのに使われるからな。本当のところはわからん」

吉田松陰の亡骸は小塚原回向院《えこういん》に罪人たちとともに葬られた。荏原郡《えばらぐん》若林村――現在の世田谷区若林――の長州藩抱屋敷内に改葬されたのは四年後であり、さらに十九年が経って同地に松陰神社が建立されている。

松陰の名が広く知れわたるのはずっと後世のことだ。

父の表情が厳しくなる。

「気をつけろ。抱え首の話がお前の耳にも入ったのは、広めている連中が数多く市中に潜りこんでいることを意味する」

「はい」誠之進は神妙にうなずき、言葉を継いだ。「ときに父上は藤代殿に会われることはございますか。あの御仁なら亀太郎の絵の行方についても何か聞きおよんでおられるのではないかと思いますが」

父は目を細め、誠之進を見た。

「お前もうすうす察しているかも知れないが、あの男は横目付の手代だ」

やはりと誠之進は胸の内でつぶやく。

大目付は大名、目付は旗本や御家人、横目付は諸藩の藩士を監視するのが役目だが、あくまでも総責任者であり、実際に動きまわるのは手代、手先である。藤代が横目付の手代ならば、まさしく公儀隠密に他ならない。

「今はおそらく京におる。今、もっともきな臭い場所だからな。わしはあくまで殿に危害が及びそうなので会っただけだ。だが、亀太郎は京におるらしいとは聞いた。藤代とは別の筋からだが」

「京に？」

「不逞の輩は江戸ではなく、京に集結しておるらしい」

松陰が異国に負けない強大な砲を作るには天子様を奉じて諸藩が一致協力する必要があるといっていたのを思いだした。

「そうですか」誠之進は元の位置に座りなおしてつぶやいた。「京か」

「お前も大変だろうが、明日をやり過ごせば、ひと息吐けるだろう」

「明日……」誠之進は首をかしげた。「はて、何かございましたか」

「晦日《みそか》だ。月が改まれば、殿は月番を外れる」

若年寄は四名置かれており、月ごとに回り番で責任者となり、すべての決裁を行っていた。

「それでも日々のお役目がありますよ」

月番を外れたからといってまったく登城しなくてよいというわけではない。残務処理や後回しにしてきた書類仕事などが残っていて、ほぼ毎日登城していた。

「月が改まったら殿は一度国許に帰られる」

「何かございましたか」

父は苦り切った顔でぼやいた。

「英雄色を好むとしても、ほどほどにしていただかないとなぁ」

今日が今回の月番最後の登城となり、以後三ヵ月は別の若年寄が当番となる。月が改まって藩主安藤対馬守が国許へ帰るといっても老中への昇進をひかえ、国許の政務を確認するためだと誰もが納得するだろう。おそらく幕閣への届け出はとっくに済ませ、残務にも目処《めど》をつけているに違いない。

誠之進に語ったのは父だが、側用人をしている兄がすべてを把握し、父に告げたに違いなかった。

英雄色を好むもほどほどにしてもらわないと、と父はぼやいた。おそらく国許に目をつけた女がいて側室に迎えようとしているのだろう。

江戸から磐城平までの旅程は三泊四日で、それから半月、もしかするとひと月は国許ということになるかも知れない。誠之進にしてみれば、窮屈な武家屋敷暮らしから脱けだし、品川宿での気ままな暮らしが待っている。自然と心は弾んだ。

乗り物わき、小薬の後ろで片膝をつき、顔を伏せていると玄関を出てくる藩主の足音が聞こえてきた。気のせいか、昨日より軽快に感じられる。藩主が乗りこみ、扉が閉じられると供回りは一斉に立ちあがった。

門の大木戸が開かれ、行列はしずしずと動きはじめた。隣家の塀際に並んでいる見物人の姿が見える。

行列は門を出て左に折れる。誠之進は見物人一人ひとりの顔を眺めわたしていく。注視するような真似はせず、さらっと視線を流していく。半年の間、毎日見ている顔ばかりなのだ。おそらく誰もが仕官の難しさを承知しているのだろう。それでも並びつづける以外にない。

まことにご苦労なことだと思いかけたとき、見物人たちの端に立っている町人を見てはっとした。だが、誠之進は表情は変えず、前を行く小薬の大きな背に視線を向けた。

ほんの一瞬で町人がきちんと月代を剃り、縞の羽織と揃いの着物に身を包んでいるのを見てとっていた。どこか大店の番頭風でさえある。

小網稲荷社の前を過ぎ、町人街を脱けたところで行列は左に曲がる。先頭が思案橋にかかったところで誠之進は小薬との間を詰め、ささやいた。

「小薬殿」

誠之進の声の調子で小薬も異変を察したようだった。

「おったか」

「はい。列を離れて、確かめたく存じます」

小薬はうなずき、最後尾にいる徒士目付に向かって片手を挙げた。

「離れてよし」小薬は前に向きなおっていった。「しかし、無理をするなよ。確かめるだけにしろ」

「心得ました」

列を離れても誰も誠之進に目を向けようとしない。小姓頭、徒士目付を通じて話は通してある。

町人街の端にある家屋の陰まで行くと上屋敷の前をうかがった。

縞の羽織の背が見えた。汐留橋《しおどめばし》に向かって曲がろうとしているところだ。誠之進は早足に町人を追った。

三

汐留橋を渡った縞の羽織の町人は川沿いに進み、その先にある永久橋《えいきゆうばし》の上を歩いていた。一度もふり返ることなく、誠之進の尾行に気づいている素振りは見せなかった。

だが、誠之進は胸のうちでつぶやいた。

誘っているようだな……。

永久橋を渡った対岸は少しばかりの町家があるものの、大名屋敷が並んでおり、およそ町人には用のない土地である。人の往来がないという点では磐城平藩邸周辺以上といえた。誠之進は大小の柄袋を取って懐にねじこみ、キセル筒に結んだタバコ入れから指弾を数粒取りだして左手に握りこんだ。もともと左利きだったのと、治平がつけてくれた稽古のおかげで右、左にかかわりなく自在に指弾を投げることができた。

誠之進は足を速め、永久橋にかかった。何が待ち受けていようと、藩主登下城の護衛に就いて初めて知った顔を見つけた以上、相手の意図を確かめなくてはならない。

昨夜父と話したとき、誠之進は襲撃するのであれば、常盤橋の手前ではないかといった。今もその思いに変わりはない。だが、亀太郎が描いたのは藩主の行列が上屋敷を出るところであった。乗り物や供回りの様子は絵と寸分違わない。

　永久橋を渡ると左に稲荷社があった。正面は大名屋敷の塀で路地は右に曲がっている。

川沿いに町人長屋が並んでいた。

　路地に入ったとたん、誠之進は足を止めた。さきほどの町人体の男が路地の真ん中に
立ちふさがり、誠之進を待ちかまえていた。

「お久しぶりでございますな」

　男――西海屋の長次郎がにやにやしながらいった。いや、西海屋はすでに出ているか
と思いなおした。

「てっきり絵師だと思っておりましたが、安藤家御家中のお武家様とは存じあげません
で。どうりで亀太郎をしつこく追うはずでございますな」

「あんたも松陰門下だったとはな。考えてもみなかったよ」

　長州萩湊に着いたとき、鮫次を見るなり長次郎がいってのけた。

『鮫が亀に逃げられたんじゃしまらねえな』

　松陰門下の一人で亀太郎とも通じていれば、品川宿での顚末を知っていても不思議で
はない。だが、首を振った。

「まさか。萩におりましたから松陰先生のご高名はうかがっておりましたが、あたしの

ような者が弟子など身の程知らずもいいところでございますよ」

口振りにはどこか松陰やその門下たちを小馬鹿にしている響きがあった。たしかに萩で目にした塾や門下生の様子は盗賊の集まりのようにも見えた。

「松陰は身分によって門下生を分けるようなことはしないと聞いたが」

「学ぶ心があれば、の話でございますね。あたしはただの商人《あきんど》に過ぎません」

そのとき、わきの長屋の障子戸が開き、巨漢が出てきた。水戸脱藩浪士を名乗る榎である。

長次郎のように軽口を叩くつもりは毛頭ないらしい。唇を引き結び、目を剝いて誠之進を睨みつけている。

誠之進は長次郎に視線を戻した。

「松陰門下でもないのなら、どうして連中に与《くみ》する?」

「さいぜんも申しあげましたようにあたしはしがない商人に過ぎません。しかしながら商人ならば時勢の潮目を読むものでございます。誠斎さん……、ほかのお名前を存じませんのでそう呼ばせていただきますが……、あなたがどのように思われようと御公儀《おかみ》の世は間もなく終わりますよ。新しい世の中になれば、新しい商売が出てくるものでございます」

「金か」

「そう馬鹿にしたものでもございますまい。金もまた力なれば」

そういって長次郎が誠之進の肩越しに稲荷社の方に目をやる。誠之進は長次郎に目を向けたまま、大名屋敷の塀際に寄った。

榎が長次郎を押しのけるようにして前に出ると抜刀した。とりあえず飛び道具ではないのを確かめると、誠之進は塀を背負って右を見た。

三人が道をふさいでいる。すでに刀を抜いており、三人とも平青眼に構えていた。

「面倒は取りのぞかなくてはなりませんからなぁ」

長次郎がのんびりした声でいった。

正面の榎、右手の三人組が同時に半歩前に出る。大名屋敷の塀を背負った誠之進は指弾を握りこんだ左手をだらりと下げ、右手で長曽禰興里の靑徹を抜き放つと切っ先を三人組に向けた。

榎が真っ先に斬りかかって来ることはない。萩で組みついてきたのは、やわな絵師となめてかかっていたからだ。

草履を蹴り脱ぎ、裸足になった。

「絵師にしてはなかなか堂に入った構えですな」

長次郎がからかう。

だが、誠之進は取りあわず後ろの三人組に目をやった。ともに若い。若すぎる。いずれも十四、五ではないのか。

腹の底に小さな赤い火が灯った気がした。怒りの芽だ。たちまち怒りは成長し、誠之進の身のうちに広がっていった。

怒りは松陰に向けられていた。否。松陰その人というより自身が抱える世間への不平、不満——たいていはおのれが認められないという嫉妬に起因する——によってあたら若い者を煽動し、それでいて自分は若者たちの陰で息をひそめ、情勢をうかがっているだけの連中だ。

同時に怒りは旧態依然のまま、保身に汲々《きゅうきゅう》とする自藩、さらに御公儀にも向かった。偉そうにふんぞり返っているだけで若い者が簡単に絶望してしまう世の中を変えようとしない。いや、変えられない。

それに長次郎のように混乱さえ商機ととらえ、頭にあるのは金儲けばかり。こうした連中も若い者を使い、命を無駄に散らせてしまう。

そして自分自身に対しても怒りが沸いてくる。

では、お前は何を成したか……。

三人の若者は目を吊りあげ、血の気の引いた白い顔をしている。自分がどうしてここにいて、何をしようとしているのかもわかっていない。

三人のうち、真ん中の一人がひょいと刀を右肩に担ぎあげた。両腕を伸ばし、切っ先で天を突こうとしている。とんぼといわれる構えである。あとの二人は平青眼のままだ。まっさきにとんぼが来る、と誠之進は思った。三人のうち、いや、長次郎と榎をくわえた五人のうちでもっとも張りつめている。

全身に広がった怒りが雄叫びとなって誠之進の口からほとばしった。

はたして思った通りとんぼが誠之進の雄叫びに負けじと鋭い気合いをかけ、飛びこんできた。

「ちええええいっ」

一気に踏みこんできたとんぼの顔に向かって指弾を放つ。間合いは二間とない。顔面に撃ちこむのは造作もなかった。

間髪をいれずとんぼの懐に飛びこむと、襟元をつかみ、鳩尾に肘を叩きこんだ。とんぼの右にいた若者が踏みこみながら青眼に構えた大刀をまっすぐ突いてくるのに向かって躰を強ばらせているとんぼを突き飛ばした。

「わっ」

二人は声を発し、もつれるように倒れた。

そのときには三人目が大刀を振りあげ、気合いを放ちながら撃ちこんできた。声が裏返っている。情動が空回りすると得てして躰の動きは鈍くなる。

誠之進は岻徹を突き、若者の咽を貫きながらも視界の隅で榎が動くのをとらえていた。

榎もまた刺突を送りこんでくる。

　厝徹を引き抜くと咽を突かれた若者はその場にくずおれた。かまわずしゃがみ込み、榎の刺突をやり過ごす。

　目を剝いた榎が誠之進を見る。その顔は恐怖のため、醜く歪んでいた。

　右手で柄の中ほどを支え、左手を柄頭にあてがった。伸びあがりながら右手を突きだし、左手を引く。弧を描いた厝徹が宙へ抜ける。

　榎が絶叫した。

　頂点で厝徹を反転させると大口を開けている榎の顔面に叩きこんだ。総髪にした脳天を唐竹割りにし、鼻に達した物打ちを引き抜くと榎が前のめりに倒れこんできて、誠之進は真っ向から血と脳漿《のうしょう》を浴びた。

　膝を曲げ、右肩で榎の躰を受けとめたときに見えた。

　榎のすぐ後ろに長次郎が迫っていたのだ。榎は自ら放った刺突の勢いで前のめりに倒れたわけではなく、長次郎が背後から突き飛ばしたのだ。

　何とか左へ躱そうとしたが、しなだれかかってくる榎の躰はあまりに大きく、重かった。躰を入れ替えようとしたとき、長次郎が懐から抜いた匕首《あいくち》を振りあげた。

　誠之進は左膝を折って前に転がりざま、長次郎の脛《すね》を厝徹で払った。

　悲鳴を上げた長次郎は匕首を放りだし、榎の骸《むくろ》とともに前に倒れこむ。すれ違うように地面を転がった誠之進は立ちあがり、帀徹を青眼に構えた。

最初に突いてきたとんぼの若者がようやく立ちあがった。もつれるようにして倒れたもう一人はとっくにいなくなっていた。抜き身の大刀だけが転がっている。あとを追う気にはなれなかった。

誠之進は切っ先を立ちあがった若者に向けていた。若者は元結いが切れ、ほどけた髷が顔の両側に垂れさがっている。構えた刀の切っ先がぶるぶる震えていた。

半歩踏みだした。

「うわぁ」

刀を引いた若者は身を翻し、永久橋に向かって駆けだした。

それでいい――誠之進は詰めていた息をようやく吐きながら胸のうちでつぶやいた。

刀身を濡らす血を払おうとした誠之進は思わず声を発した。

「あっ」

逃げだしたところで若者が永久橋を渡ってきた小薬と出会ってしまった。破れかぶれだったのだろう。小薬に向かって斬りつけ、小薬が抜き撃ちを放って一刀のもとに斬り捨てた。袈裟《けさ》懸《が》けに斬られた若者がのけぞる。倒れたときには息絶えていたに違いない。

誠之進は帀徹を振って血を払い、懐紙を取りだして刀身を拭うと鞘に収めた。長次郎のうめき声は弱々しくなっていた。

抜き身を手にしたまま、小薬が駆けよってくる。徒士が一人、従っていた。誠之進の姿を見た小薬が大きく目を見開く。

「怪我は？」

「ありません」誠之進は首を振った。「返り血です」

「そうか」

明らかにほっとした様子となった小薬が徒士をふり返り、上屋敷に行って人を呼んでくるように命じた。

長次郎のうめき声は絶えている。気を失ったのか、すでに死んでいるのかわからなかった。


それから三日にわたって誠之進は小薬邸に留め置かれ、呼び出しがあるとき以外は一歩も外へ出ることを許されなかった。主の小薬もいっしょである。

片足を失いながらも長次郎が生きながらえたおかげで三日で済んだともいえる。もっともすべてを白状したあと、長次郎は死んだ。

月が改まり、若年寄としての月番を外れた安藤対馬守が一日も早く国許へ帰りたがり、吟味を急がせたため、藩と幕府の目付が共同で行った長次郎への吟味は苛烈を極めたと聞いている。藩主が国許へ帰りたがる理由を父から聞いていただけに誠之進の思いは複雑だった。

武士であれば、幼い頃から大刀は主君を護るため、小刀は自裁するためにあると徹底して教えられる。長次郎の自白によって現藩主暗殺の企てがあったことが明らかとなり、誠之進と小薬に対するお咎めは一切なかった。

事件から四日目、藩主が国許に発ったあと、ようやく禁足が解かれ、上屋敷を出た誠之進はまっすぐ研秀に向かった。大小を預けるためでもあったが、それ以上に刀身の傷みが心配だったからだ。

帀徹を受けとった秀峰は作業台を前にして座り、早速抜いて障子越しの光をあて子細に眺めはじめた。

目を細め、物打ちを見ながら訊いてくる。

「何人斬った？」

「三人」

「三人とも死んだかね」

二人といおうとして、結局長次郎も死んだのだと思いなおした。拷問にあったとはいえ、命を落としたのは誠之進に足を斬り落とされたことが原因《もと》に違いない。

「死んだ」

「大したもんだ」

「えっ」

「いや、帚徹のことさ。さすが天下の豪剣だけのことはある。刃こぼれひとつない。あとの手入れもよかったようだ」

「そうか」

とりあえずほっとしたものの気持ちが浮き立つことはなかった。小上がりに腰かけていた誠之進はそのままごろりと寝そべった。

事件については目付だけでなく、兄、それに上屋敷を訪ねてきた父にもくり返し訊かれたし、小薬とも話し合った。一人になると門が開いたところから順に思いだしていった。

もし、あのとき長次郎に気づかなければとは思わなかった。そのために藩主の護衛役を命じられたのである。行列を離れ、長次郎を追ったのも当然の成り行きだ。

永久橋を渡り、大名屋敷の方へ行く長次郎を見たとき、ひょっとしたら誘いこむつもりかも知れないと思った。

実際、罠だった。

誠之進が藩主の護衛役に就いていることは、榎に教えられたといったらしい。榎が死んだため、榎自身がどのようにして知ったのかははっきりしない。ただ、長次郎によれば、萩での一件で誠之進を深く恨んでいたという。恥を雪《そそ》がねばならないとしつこくいっていたようだ。

「そういえば、この間藤兵衛が顔を出していったよ」

「橘屋の親分か」

「ああ」

「どうしてここへ」

「まあ、あの人も稼業が稼業だけにつねに丸腰というわけにもいかないからな。ここらで一番の研ぎ師といえば、おれだ。昔から仕事は引きうけてたんだ。あの人が持ってくるのはせいぜい脇指までだがね。それも拵《こしら》えをしてないのが多い」

「拵えをしてないって、白鞘のままか」

「そうだ」

「危ないな。下手に使えば、自分の指を切り落とすぜ」

「持ち運びには都合がいい。あんたと違って、あの人は懐に仕舞っとかなきゃならんでな。で、うちに来て最近あんたが来てないかと訊いていった」

「おれがここに来てることなんて、親分に話したかな」

「さっきもいったろ。ここらじゃ、おれが一番の研ぎ師なんだよ。ちょっと気の利いた奴ならどいつもうちへ来る」

「そうだろうね」誠之進は天井を見上げたままいった。「おれに何か用だったのかな」

「しばらく顔を見ないといってた。絵を頼まれてるそうじゃないか」

秀峰の言葉に誠之進は顔をしかめた。汀を描くという一件に違いない。誠之進は断ったつもりだが、藤兵衛はそうは受けとっていないようだ。十両の絵など誠之進の手にあまる。

「それともう一つ。これも藤兵衛がいっていたんだが、あんたを探しまわっている男がいるそうだ」

「おれを?」

「ああ、兄貴の仇だって」

「親分が来たのはいつだといったたっけ?」

「この間……、そうさなぁ、もう半月も前になるか」

半月前ということは少なくとも長次郎や榎、若い三人組の弟ではない。

浮かんできたのは、亀太郎が玉木屋に流連《いつづけ》していたときに関わり合った三人だ。いずれも水戸の逃散百姓だった。

「武家かな」

「刀は差してたが、おそらくまがいもんだろうといってたよ」

誠之進は起きあがった。

秀峰が帀徹を差しあげる。

「これ、持ってった方がいいんじゃないか」

「いや」誠之進は首を振り、小上がりから降りた。「品川には似合わないよ。しばらく預かっておいてくれ」

「質屋じゃねえっていってるだろう」

秀峰が唇をへの字に曲げた。

四

旅籠に引き手茶屋、仕出しをする台屋、乗り物屋とそれぞれが軒先に屋号を記した提灯を吊《つる》している。暗くなった浜を抜けてきた誠之進の目にはことさら明るく映り、履物屋や小間物屋でさえがどこか華やぎ、艶っぽく見えた。

歩行新宿に入ったとたん、街道をそぞろ歩く人の数が増え、寒気が緩んだ気さえする。ここまで来て、浜伝いに歩いている間中、首を縮めていたのに気がついた。

苦笑し、肩の力を抜くと首を左右に倒しながら胸のうちでつぶやいた。

帰ってきた……。

国許に帰った藩主は半月か、ひょっとするとひと月は戻らないだろうと父がいった。戻ってきたとしてもふたたび登下城の護衛役を命じられるとはかぎらない。亀太郎が描いた藩主の肖像と上屋敷の門を出る様子を描いた反古が見つかってから起こった一連の騒動は、長次郎がすべてを白状したことで一応の解決を見たのだ。

本宿に入ると左手に大戸屋が見えてきた。三階を見上げる。街道に面した汀の部屋の障子は閉ざされ、暗かった。引き手茶屋の番頭に連れられ、裏口から羽織を着た四人連れの男が入っていくところだった。先に立つ恰幅のいい男はご丁寧に頭巾を被っている。

頭巾といい、夜目にも豪奢だとわかる羽織といい、かえって人目につくだけじゃないかと思うとおかしかった。もっとも行き交う客たちは目を向けようともしない。

大戸屋の前を通りすぎながら何気なく顔見世に目をやった。胸がきゅっと絞られ、あやうく足が止まりそうになる。前に向きなおって歩きつづけた。

妓たちの端にきわが座っていた。こってりと化粧をし、紅いお仕着せ姿であった。いつかはきわも見世に出るのはわかっていた。すでにきわではなく、源氏名で呼ばれていることだろう。

妓たちはいう。

『飯があたって、お召しを着られるんだ。この世の極楽だよ』

きわが思いつめたような顔をして一点を見つめていたのが気になった。極楽とまでいいきるのは妓たちの意地だ。だが、地獄では決してない。品川宿に住むようになって誠之進は初めて知った。

自らの稼ぐ金で故郷にいる家族の生計《たつき》が立っている。それが妓たちの矜持《きょうじ》であった。夕凪を思いだした。かつては板頭を勤めながら寄る年波には勝てず客もつかなくなっていた。玉木屋の主は放りだすこともできず往生していた。そこに若い亀太郎が現れ、空しい約束をした。

いまわの際、夕凪の顔は血の気が失せ、唇さえ色を失っていた。最後に肺腑が破れ、口元がなまめかしく血に濡れた。

死に化粧という言葉が浮かび、誠之進は口元を歪めた。

いやな言葉だ――。

法禅寺裏にある長屋へつづく路地も過ぎ、さらに進んだ。まずは橘屋へ行くつもりなのだ。

ぶらぶら歩いていると目の前で若い娘が立ちどまった。誠之進を見て、目を大きく見開いている。

「おや、お前は……」

玉木屋から夕凪が逃げだしたといって鮫次を起こし、誠之進ともども洲崎の漁師町へ案内した娘だ。

しかし、ちょこんと頭を下げただけで何もいわずに駆け去っていった。誠之進はふり返り、娘の姿が雑踏に消えるのを見送った。

ふたたび前を向いて歩きだす。橘屋は寒くなったにもかかわらず表の戸を開けはなっている。

中に入ると徳がにっこり頰笑んだ。

「いらっしゃいまし。お久しぶりですね」

「いろいろ野暮用でね」

長火鉢を前にして座っている藤兵衛が手を挙げる。

「よお、いったいどこへ行ってたんだい？」

畳に上がり、長火鉢を挟んで藤兵衛と向かいあった。赤く熾《おこ》った炭の温もりがありがたい。法禅寺裏の長屋は元より小薬の屋敷にも火の気はなかった。質素倹約が武家のならいではあったが、炭代にも事欠いているのが実情ではある。

早速手をかざし、こすり合わせた。

「研秀に行かれたそうで？」

「ええ、あいつとは昔っからの付き合いでしてね。ときどき包丁を研いでもらっております。うちは料理人も出してやすからね」

そういって藤兵衛がにやりとする。

「いくら料理しても人は食えない」

「おや……」藤兵衛が首をかしげた。「あっしはずいぶん人を食って生きてきたような気がしやすが。まあ、いい。ところで汀の絵を描いてもらう件でございます」

「やっぱりその話か。前にも申しあげたように十両なんて私の手には余る。いずれ名のある絵師に頼んだ方がいい」

「ところがそうもいかねえんで。大戸屋の主が汀に話しやしてね。誠さんが描いてくれると。それでようやく汀も乗り気になったらしくて」

「まいったね」

「それと十両じゃなく、二十両になりやした」

「ますます手に負えない」

誠之進は苦笑いをしてみせたが、藤兵衛の表情がいやに真剣になっているのに気づいて笑いを引っこめた。

「どうかしたのか」

「汀の絵を所望されてる大旦那ですがね、いよいよいけないらしいんでございます。今日、明日ってほどじゃないにしろ医者は年を越せるかどうかと申して、それを聞いた大旦那はどうしても棺桶に絵を入れたいとおっしゃってる」

「おいおい勘弁してくれよ」

ふと河鍋狂斎を思いだした。狂斎であれば、二十両に相応しい絵が描けるだろう。

「ちょっと心当たりがある。そっちを当たってみるよ」

そういったが、藤兵衛は首を振った。

「駄目駄目。ほかの絵師じゃ、汀がうんといいやせん」

「一流どこだがなぁ。そんじょそこらの絵師じゃない」

「それでも駄目でございましょう」藤兵衛もほとほと困り果てたという顔をしている。

「それと汀の部屋にはもう道具を用意したそうです。あとは誠さんの都合に合わせる、と。実は画料とは別に大戸屋にも相当の金が入りますんで」

「まいったな、どうも」

結局、はっきりと断り切れないまま、橘屋を出た。

「何のために来たのか、わからないじゃないか」

つぶやいたとたん、饐《す》えた臭いが鼻を突き、背中に固い物が押しあてられた。

「この場でずどんといってもいいんだぜ」

圧し殺した声がいった。


向かいあってみれば、誰の弟か訊ねるまでもなかった。背が高く、がっしりとした体つきで、躰以上にがっしりした長大な顎は喜八そっくりだ。誠之進の前に立ち、手にしている連発式の短筒は喜八が持っていたものかも知れない。

一応、訊いてみた。

「喜八の弟だな？」

答えるつもりはないらしい。

橘屋を出たあと、街道を横断して大戸屋のわきを抜け、鳥海橋を渡った。たどり着いたのは洲崎漁師町の突端にある弁財天の境内で、すぐ近くに幕府直轄の御台場がある。

喜八の弟から視線を逸らし、目黒川を見やった。

あの日と同じように漁師の舟がずらりと並んでいる。半ば岸に引きあげられ、艫《とも》は川に浸かっていた。半年前、喜八を斬り、夕凪が討たれ、亀太郎が逃げたときと何も変わっていない。

漁師たちは毎日海に出て、魚が獲れたといっては喜び、獲れなかったといってはふてくされていたのだろう。日々、変わらない生活があった。

それが黒い鴉だ。

しかし、生まれついて羽の色が違うために群れから離れ、一羽で生きていくしかなかった白い鴉が格別偉いとは思わない。

『私も自分をごく当たり前の黒い鴉だとは思えなかった。だけど先生のように純白にはなれそうもなかった。中途半端で、薄汚い灰色だ。だから白い鴉を探しては、下手な絵にしていただけだ』

萩で亀太郎がいった。

亀太郎——松浦松洞は松陰の肖像を数多く描き、松陰の家族や門下生たちに贈っている。実際の松陰は獄中生活でやつれ果てていたのだが、松洞が描いたのは凜《りん》とした姿である。松洞筆の作品は六点が現存し、松下村塾近くの松陰記念館で見ることができる。松洞自身は幕末の倒幕運動に身を投じ、文久二年（一八六二）、京都において自刃して果てた。二十六年の生涯だった……。

箱崎で長次郎たちに囲まれたとき、誠之進は腹の底から湧きあがってきた憤怒にとらわれ、雄叫びを上げた。

若く、愚かな者どもを煽動《せんどう》する吉田松陰、世の混乱を商機としか考えない長次郎、暴走する若者たちに乗っかっているだけの榎に腹を立てていた。そうした連中の思惑だけで若い命が散っていくのがやるせなかった。

だが、箱崎で二人の若者、榎、長次郎を死に追いやり、萩で三雲弥介を斬り、この洲崎でも喜八、茂平、豊治の逃散百姓を倒したのは、ほかならぬ自分ではないか。

直接手を下した自分を棚に上げ、憤怒など笑止でしかない。

生死を分かち、自分が生き残ってきたのは、ひたすら運がよかったからに過ぎない。死んでいった者たちには意志があった。夕凪にしても自ら望んで亀太郎に賭けた。誰もが思うがままに生きて、たまたまその先に死が待っていただけのことだ。

おれはどうか。

命じられるままに動き、殺してきた。おのれの意志などひとかけらもなかった。

ここらが潮時か。

両手は充分すぎるほど血で汚れている。これから先も流されるままに生きていくだけなら、ここですべて終わりになっても成り行きだ。今撃たれて死ぬのなら少なくとも喜八の仇という意味はある。

胸の底が抜けてしまったような気がした。吸いこんだ息がそこから漏れていく。顔見世にいたきわを目にしてからつづいていることにようやく気づいた。長屋にやってきて、こまっしゃくれた口を利くことはもうない。

誰もが生きている。

生々流転は世の習いで、どうにもしようはない。理屈ではわかっていても寂しいものは寂しい。

終わりにするか。

誠之進は喜八の弟に向かって一歩踏みだした。

「来るな」

両手に持った短筒を差しあげ、喜八の弟が叫んだ。鳥海橋を渡ったときにタバコ入れから取りだし、右手に握りこんでいた指弾を捨てた。

もういい、もう誰も死なない、殺さない。

二歩、三歩と近づいていく。震える短筒の銃口は誠之進の鼻先、ほんの一尺ばかりに迫っていた。手を伸ばせば届く間合いだ。よもや外れることはないだろう。

「来るな」

喜八の弟が絶叫し、目をつぶって短筒の引き金をひいた。

かちん。

甲高い音が響きわたったが、それだけでしかなかった。さらに二度、引き金がひかれたが、いずれも鉄が鉄を打つ音がしただけで、ついに弾丸は飛びださなかった。

何と間抜けな……。

青い月の光に照らされた喜八の弟の長顔はいつの間にかびっしょりと汗に濡れ、湯気さえ立ちのぼらせている。骨まで凍りつきそうな寒気に包まれているというのに。

誠之進は無造作に短筒をつかみ、引きよせた。喜八の弟が簡単に前のめりになる。腕を取りつつ、懐に躰を入れ、腰に乗せた。

宙を舞わせた巨体を地面に叩きつけた。

ぎゅうと息を吐き、喜八の弟は気を失った。誠之進はかがみ、転がった短筒を拾いあげた。

月光にかざしてみる。意外と持ちおもりのするものだと思った。爪徹や指弾より簡単に人を殺せるのだろう。

短筒を思いきり放り投げた。すぐに闇に呑《の》まれ、次いで間の抜けた水音がした。

誠之進は月を見上げ、太い息を吐いた。


汀の部屋の隅には、紙が広げられ、絵の道具が並べられていた。膳部を挟み、向かいあって座った誠之進と汀はほとんど話すこともなく互いに差し合って酒を飲みつづけていた。

すでに大引けを知らせる拍子木が鳴らされたあとで大戸屋は静まりかえっている。

白い咽を見せて盃を空けた汀が膳の上に伏せて置いた。畳に手をつき、崩れるように横座りになる。わずかにあごを引き、上目遣いに誠之進を見る。

「さあ、描いておくんなまし」

わざとらしい郭言葉でいう。

誠之進は汀を見返し、しみじみといった。

「きれいだ」

汀がにっこり頬笑んだ。

「華の命は短いと申します」

いきなり立ちあがった汀が手早く帯を解いていった。手を動かしながらもひたと誠之進を見つめる眸《め》は動かさない。あっという間に襦袢《じゅばん》、け、だ、し、も畳の上に落ち、生まれたままの姿となった汀が立っていた。

半歩誠之進に近づく。

生まれつき翳《かげ》りのない下腹が鼻先に迫った。深々と刻まれた筋を誠之進はまじまじと見つめた。自分とは違い、あるべきもののない女の躰に不思議さを感じた。

「珍しくはないでしょう？」

汀がくすくす笑いながら訊く。

答えようと口を開けたが、声にはならなかった。口中がひどく渇いている。誠之進は徳利を鷲《わし》づかみにすると直接口をつけ、すっかり冷めてしまった酒を流しこんだ。口の両端から酒があふれても目は逸らさなかった。

いや、逸らせなかった。

身のうちにぽっと火が灯った気がした。立ちあがり、紙の前に移ると膝をそろえて座り、筆を手にした。墨をふくませたあと、水を張った皿につけて薄める。

行灯のそばに立った汀がじっと誠之進を見ているのを感じた。だが、誠之進は汀に目を向けずひたすら筆を揮った。薄い墨を重ね、滲ませ、ふたたび墨をふくませた筆で細い線を描いた。

呼吸すら忘れて筆を動かしつづける。自分がどこにいるのか、何をしているのかも忘れた。

やがて筆を置き、大きく息を吐いた。

汀が裸のまま、誠之進のかたわらに来た。二の腕に乳房を押しつけるようにして絵をのぞきこむ。

「何、これ？」

そこには薄墨で背景を埋め、輪郭を残した白い鴉が描かれていた。老松の枝をしっかりつかんでいる尖った爪も描かれている。鴉は鋭い眼を向け、威嚇するように嘴を大きく開いていた。

やがて汀はぽつりといった。

「でも、あたしに似てるかも」

ふと亀太郎を思った。

あいつもまた、白い鴉になりおおせるのだろうか。

否。

松陰は生まれついての白い鴉といった。白い鴉になるのではなく、生まれ落ちたとき、すでに白いのだ。

亀太郎もおれも……。

汀が押しつけてくる乳房が柔らかく潰れるのを感じ、誠之進の思いは途切れた。

安政六年は暮れていった。

翌年三月、大事件が勃発し、元号が万延と変わることを誠之進はまだ知らない。

解　説

末　國　善　己

歴史時代小説の大家・吉川英治《よしかわえいじ》の名を冠した吉川英治賞（主催・公益財団法人吉川英治国民文化振興会）は、大衆文学に贈られる吉川英治文学賞、日本の文化活動に著しく貢献した人物、もしくはグループに贈られる吉川英治文化賞、新人から中堅作家に贈られる吉川英治文学新人賞から成っていたが、二〇一六年に従来の文学賞では評価されにくかったシリーズものの大衆文学を顕彰する吉川英治文庫賞が新設された。

この賞は、文庫で五巻以上の作品を対象とすることで、単行本から文庫化された作品と、文庫書き下ろしの時代小説やミステリ、ライトノベルを同じ土俵で選考しており、畠中恵《はたけなかめぐみ》〈しゃばけ〉シリーズが受賞した第一回では、上田秀人《うえだひでと》〈百万石の留守居役〉、三上延《みかみえん》〈ビブリア古書堂の事件手帖〉、和田はつ子《わだこ》〈料理人季蔵捕物控〉などの文庫書き下ろしシリーズが最終候補作になっていた。

人気作家がひしめく現在では考えられないが、一九八〇年代半ば、黎明期《れいめいき》の文庫書き下ろしは、書評で取り上げられず、文学賞の候補にもならなかったことから一段低いと見なされていた。だが熱心なファンが支えた文庫書き下ろしは、バブル崩壊による長い不況と、佐伯泰英《さえきやすひで》、鳥羽亮《とばりよう》、藤原緋沙子《ふじわらひさこ》、鈴木英治《すずきえいじ》、風野真知雄《かぜのまちお》ら実力派作家の登場を追い風に成長する。その結果が、吉川英治文庫賞の創設だったのではないか。

勢いのある分野に才能ある作家が集まるのは、いつの時代も変わらない。本書『隠密絵師事件帖』でデビューした池寒魚《いけかんぎよ》も、その一人である。著者は新人賞の受賞者ではないようなので詳しい経歴は不明だが、一読して驚いたのはその確かな実力である。

物語の舞台は、ペリーの来航から始まる幕末の混乱が加速していた一八五九年。主人公の司誠之進《つかさせいのしん》は、磐城平藩の江戸詰めの御側用人だった父の指示で、耳にした噂、目にした事件を報告するため売れない絵師として「不逞の輩《ふていやから》」が入り込んでいる品川で暮らしながら、宿場女郎を抱える旅籠《はたご》の用心棒をしていた。ある日、父に呼び出された誠之進は、藩主・安藤対馬守信正の容貌を的確に写した下絵の反古《ほご》を見せられる。この絵を描いたのは亀太郎なる男だが庶民にはうかがえない安藤対馬守をどこで見たのかは謎だった。誠之進は、品川に出入りしている亀太郎の捜索を命じられる。

市井で暮らす若い武士が、お家の危機に直面し捜査にあたる物語は、文庫書き下ろしの時代小説ではお馴染《なじ》みである。ただ著者が秀逸なのは、誠之進の主君を実在の、そして幕末史において重要な役割を果たす安藤対馬守とすることで史実と虚構を巧みに操り、サスペンスを盛り上げているところにある。

一八五九年は、大老の井伊直弼《なおすけ》が反対派を粛清した安政の大獄の渦中にあった。ペリー来航の直後の一八五三年に徳川十三代将軍になった家定は、もともと病弱だったが将軍就任で体調をさらに悪化させ、一八五七年頃からは子供がいない家茂の次の将軍を誰にするかで凄《すさ》まじい政争が行われた（将軍継嗣問題）。国難に対処するには英邁《えいまい》な将軍が必要として、水戸藩主の徳川斉昭《なりあき》、越前藩主の松平春嶽《しゅんがく》、薩摩藩主の島津斉彬《なりあきら》らが徳川斉昭の子供で一橋徳川家の養子になっていた慶喜を推したのに対し（一橋派）、彦根藩主の井伊直弼、会津藩主の松平容保《かたもり》らは家茂の父である十二代将軍・家定の近親者として紀伊藩主の徳川慶福《よしとみ》を推した（南紀派）。この対立は南紀派が勝利し、一八五八年に十四代将軍になった慶福は名を家茂に改める。同じ年に大老に就任した直弼は、勅許を得ず日米修好通商条約など五カ国との条約に調印したため尊王攘夷《そんのうじょうい》派《は》から激しく批判された。直弼が、これらの政敵の一掃を目論《もくろ》んだのが安政の大獄だったのである。

安藤対馬守は岡崎時代から徳川家康に仕えた名家（ただ対馬守の安藤家は分家筋にあたる）の出身で、一八五九年当時は、直弼の下で老中になる工作を進めていた。同志を弾圧した直弼を憎む勤王の志士から見れば、直弼派の安藤対馬守も〝同じ穴の狢《むじな》〟といえる。そんな時代に写実的な肖像画が出回れば、暗殺者がターゲットを視認するために使われる可能性が高い。単純に思えた人捜しが、亀太郎を追っての遠国探索、さらに安藤対馬守の暗殺防止という政治サスペンスへと発展していくので、まったく先が読めないスリリングな展開が満喫できるはずだ。

　太平の世が終わり、目的のためなら殺人も辞さない武士や浪人が出てきた幕末だけに、真相を調べる誠之進は何度も白刃の下をくぐり抜ける。父から、剣術、槍術、長短槍、長刀《なぎなた》はもちろん、素手で敵を倒す体術までを習得する実戦的な唯心一刀流を学んだ誠之進の愛刀は、五代前の先祖が大きな功労により藩主から賜った長曽禰《ながそね》興里《おきさと》作の大刀、通称「乕徹《こてつ》」。「虎徹」の表記の方が一般的だが、興里は入道した後に「虎徹」と号したが、途中から「虎」の異字体の「乕」を用いて「乕徹」とするようになった。誠之進の得物が「乕徹」とされているのは、興里の後期の作であることを示す細やかな時代考証なのである。また誠之進が研ぎ師の秀峰《しゅうほう》と親しくしているので、「完璧に研ぎあげられた刀はいざ斬り合いとなったときに滑る。そのため戦いに臨むときには、わざと荒く仕上げ、引っかかるよう寝刃《ねたば》を合わせる」といった刀剣にまつわる知られざる情報が紹介されているのも見逃せない。最近はゲーム『刀剣乱舞』の影響もあり、日本刀に興味を持つ若い女性も増えているが、本書は刀剣ファンも満足できるだろう。

　といっても武士ではなく絵師として暮らす誠之進は、「乕徹」を差して歩くことはできない。そこで普段は秀峰の三男・秀三《しゅうざ》が作った鋼の無垢棒《むくぼう》のまわりに銀細工を施したキセル筒を武器として使っている（タバコを入れる付属の革袋には、指弾用の鉄の粒を入れておく念の入れようだ）。隠密らしい隠し武器を手にした誠之進が、抜くのにも苦労しそうな長剣、最新式の連発式短筒などを持った男たちと繰り広げるアクションは、時代小説では定番の剣と剣との戦いとは異なる、異種格闘技のような迫力がある。

時代考証に定評がある岡本綺堂《おかもときどう》『半七捕物帳』の一編「旅絵師」の中には、「侍の姿」で敵地に行けない隠密は、「俳諧師」「浄瑠璃」「順礼」「古手買」（古着・古道具の売買人）「節季候《せきぞう》」（歳末に三、四人一組で家々をまわる門付芸人）など旅をしても怪しまれない姿に身をやつしており、その一つに「旅絵師」もあったとの一節がある。著者も、こうした記述などを踏まえ、誠之進を売れない絵師にしたのだろう。

普通の作家なら、絵師というのは主人公のキャラクター設定を際立たせる〝装飾〟と割り切り隠密として活躍させる。ところが著者は、絵師だけで生計を立てたいと思っているものの、売れないがゆえに父から与えられる隠密仕事をしている誠之進の鬱屈と成長を掘り下げることで、青春小説としても楽しめる物語を作っているのだ。

品川で用心棒もしている誠之進は、旅籠《大戸屋》から売れっ子の娼妓・汀《みぎわ》に執心しているものの、その日は断られた「大蛸」こと巨漢入道の鮫次《さめじ》が、酒を飲んで暴れているので助けて欲しいと頼まれる。簡単に鮫次をのした誠之進は、絵師だという鮫次に興味を持ち、文無しで登楼した鮫次から代金を取り立てるため、師匠が住むという神田明神下に向かう。そこで誠之進が見たのは、人気絵師の河鍋狂斎（後の暁斎）だったのである。狩野派を皮切りに多くの流派の技法を習得した狂斎は、亀太郎の下絵を見て学んだ流派を指摘するなど、誠之進の捜査に協力。鮫次も誠之進のよき相棒になる。

近年は、澤田瞳子《さわだとうこ》『若冲』、梶《かじ》よう子《こ》『ヨイ豊』、谷津矢車《やつやぐるま》『おもちゃ絵芳藤』など絵師を題材にした作品が増えている。本書にも芸術家小説の要素があり、絵に関しては天才ではない誠之進が、剣の達人にも似た狂斎の筆さばきに魅せられたり、師・狂斎の才能を目の当たりにしたがゆえに絵師になれないと痛感した鮫次らと交流することで、才能のない人間の悲哀、働くことの意義を問い掛けていくところは感慨深い。

そのほかにも、格式が高い吉原よりも簡単に娼妓と遊べる歓楽街として人気だった品川を舞台にしているだけに、そこはかとないエロティシズムもちりばめられている。これにかりそめの〝恋〟と知りながら、男に誠を尽くす娼妓たちのせつない恋愛を描く恋愛小説の要素も加わっている。娯楽時代小説のありとあらゆる要素を詰め込み、それを無理なく組み立てた著者のストーリーテラーぶりは、新人とは思えないほどである。

著者のペンネーム「寒魚」は、寒の入りから大寒にかけて旬を迎える魚や貝のことで、鯖《さば》、鱈《たら》、鮃《ひらめ》、鰤《ぶり》、鰆《さわら》、蜆《しじみ》、牡蠣《かき》などが有名である。実は、淡水魚の鯉《こい》や鮒《ふな》も冬が最も美味しいとされる「寒魚」で、「寒鯉」「寒鮒」は冬の季語にもなっている。著者が、現代の家庭の食卓にはあがることが少なくなった淡水の「寒魚」を思い起こさせる「池」をペンネームの姓に用いたのは、〝寒鰤や寒鯖のような派手さはないが、いい味を出す〟という洒落《しゃれ》っ気の中に自信を隠していたようにも思えた。

誠之進が生きたのは、鎖国をしていた日本が、グローバル化の波に飲み込まれた幕末である。開国によって政治も経済も混乱しているのに、その方針を決めた幕府は何の手も打たず、多くの藩は保身に走った。こうした現状に不満を募らせる若者が増えると、過激な尊王攘夷運動に走らせる煽動者《せんどうしゃ》も、渾沌《こんとん》とした時代には商機があると見てひたすら金儲けに走る者も出てくる。こうした状況は、やはり経済のグローバル化によって、貧富の格差が広がったり、将来に希望が持てない若い世代が増えたりしたことが、現代の攘夷思想ともいえるヘイトスピーチを助長している現代の日本に近い。それだけに、一歩先に〝闇〟が広がっている混迷の時代を前に、時代の熱狂とは一定の距離を置きつつ、自分には何ができるのか、自分は何をすべきかを常に考えている等身大の誠之進には、特に若い読者は共感が大きいだろう。

さて本書の後、誠之進が仕える安藤対馬守は、桜田門外の変の混乱を収めたり、公武合体のため孝明天皇の妹・和宮の徳川家茂への降嫁を進めたり、金の海外流出によって高騰した物価を沈静化させたり、坂下門外の変の当事者になったりと、幕末の日本を動かすリーダーの一人になっていく。こうした史実の裏で、隠密の誠之進がどのように活躍していくのか。より大きなスケールになりそうな第二巻以降の展開も楽しみである。

（すえくに・よしみ　文芸評論家）

本書は、集英社文庫のために書き下ろされた作品です。

本文デザイン／高橋健二（テラエンジン）

集英社文庫 目録（日本文学）

集英社文庫　目録（日本文学）

- 五木寛之　新版 生きるヒント3 癒しの力を得るための12のレッスン
- 五木寛之　新版 生きるヒント4 ほんとうの自分を探すための12のレッスン
- 五木寛之　新版 生きるヒント5 人生にときめくための12のレッスン
- 伊東乾　さよなら、サイレント・ネイビー 地下鉄に乗った同級生
- 伊藤左千夫　野菊の墓
- いとうせいこう　鼻に挟み撃ち
- 井戸まさえ　無戸籍の日本人
- 絲山秋子　ダーティ・ワーク
- 乾ルカ　六月の輝き
- 乾緑郎　思い出は満たされないまま
- 井上荒野　森のなかのママ
- 井上荒野　ベーコン
- 井上荒野　そこへ行くな
- 井上荒野　夢のなかの魚屋の地図
- 井上ひさし　ある八重子物語
- 井上ひさし　不忠臣蔵
- 井上光晴　明日 一九四五年八月八日・長崎
- 井上夢人　あくむ
- 井上夢人　パワー・オフ
- 井上夢人　風が吹いたら桶屋がもうかる
- 井上夢人　the TEAM ザ・チーム
- 井上夢人　the SIX ザ・シックス
- 今邑彩　よもつひらさか
- 今邑彩　いつもの朝に(上)(下)
- 今邑彩　鬼
- 伊与原新　博物館のファントム 箕作博士の事件簿
- 岩井志麻子　邪悪な花鳥風月
- 岩井志麻子　瞽女《ごぜ》の啼く家
- 岩井三四二　清佑《せいゆう》、ただいま在庄《ざいしょう》
- 岩井三四二　むつかしきこと承り候 公事指南控帳
- 岩城けい　Masato
- 宇江佐真理　深川恋物語
- 宇江佐真理　斬られ権佐
- 宇江佐真理　聞き屋与平 江戸夜咄草
- 宇江佐真理　なでしこ御用帖
- 宇江佐真理　糸車
- 植田いつ子　布・ひと・出逢い 美智子皇后のデザイナー 植田いつ子
- 上田秀人　辻番奮闘記 危急
- 植西聰　人に好かれる100の方法
- 植西聰　自信が持てない自分を変える本
- 植西聰　運がよくなる100の法則
- 上野千鶴子　〈おんな〉の思想 私たちは、あなたを忘れない
- 植松三十里　お江《ごう》流浪の姫
- 植松三十里　大奥延命院醜聞 美僧の寺
- 植松三十里　大奥秘聞 綱吉おとし胤
- 植松三十里　リタとマッサン
- 植松三十里　家康の母お大
- 植松三十里　ひとり白虎 会津から長州へ

集英社文庫　目録（日本文学）

集英社文庫　目録（日本文学）

遠藤周作　ほんとうの私を求めて
遠藤周作　父親
遠藤周作　ぐうたら社会学
遠藤周作　愛情セミナー
遠藤武文　デッド・リミット
逢坂剛　裏切りの日日
逢坂剛　空白の研究
逢坂剛　情状鑑定人
逢坂剛　よみがえる百舌《もず》
逢坂剛　しのびよる月
逢坂剛　水中眼鏡《ゴーグル》の女
逢坂剛　さまよえる脳髄
逢坂剛　配達される女
逢坂剛　鵟《のすり》の巣
逢坂剛　恩はあだで返せ
逢坂剛　おれたちの街

逢坂剛　百舌《もず》の叫ぶ夜
逢坂剛　幻の翼
逢坂剛　砕かれた鍵
逢坂剛　相棒に気をつけろ
逢坂剛　相棒に手を出すな
逢坂剛　大迷走
逢坂剛　墓標なき街
逢坂剛他　棋翁戦てんまつ記
大江健三郎・選　何とも知れない未来に
大江健三郎　「話して考える《シンク・トーク》」と「書いて考える《シンク・ライト》」
大江健三郎　読む人間
大岡昇平　靴の話　大岡昇平戦争小説集
大沢在昌　悪人海岸探偵局
大沢在昌　無病息災エージェント
大沢在昌　ダブル・トラップ
大沢在昌　死角形の遺産

大沢在昌　絶対安全エージェント
大沢在昌　陽のあたるオヤジ
大沢在昌　黄龍の耳
大沢在昌　野獣駆けろ
大沢在昌　影絵の騎士
大沢在昌　パンドラ・アイランド(上)(下)
大沢在昌　欧亜純白ユーラシアホワイト(上)(下)
大島里美　君と1回目の恋
太田和彦　ニッポンぶらり旅　宇和島の鯛めしは生卵入りだった
太田和彦　ニッポンぶらり旅　アゴの竹輪とドイツビール
太田和彦　ニッポンぶらり旅　熊本の桜納豆は下品でうまい
太田和彦　ニッポンぶらり旅　北の居酒屋の美人ママ
太田和彦　ニッポンぶらり旅　可愛いあの娘《こ》は島育ち
太田和彦　ニッポンぶらり旅　山の宿のひとり酒
太田和彦　おいしい旅　錦市場の木の葉丼とは何か
太田光　パラレルな世紀への跳躍

集英社文庫

隠密絵師事件帖《おんみつえしじけんちょう》

2018年4月25日　第1刷　　定価はカバーに表示してあります。

著　者　池《いけ》　寒魚《かんぎょ》

発行者　村田登志江

発行所　株式会社　集英社
東京都千代田区一ツ橋2-5-10　〒101-8050
電話　【編集部】03-3230-6095
【読者係】03-3230-6080
【販売部】03-3230-6393（書店専用）

印　刷　中央精版印刷株式会社　株式会社美松堂

製　本　中央精版印刷株式会社

フォーマットデザイン　アリヤマデザインストア　　マークデザイン　居山浩二

ISBN978-4-08-745731-5 C0193